魂斷
威尼斯

THOMAS MANN
托瑪斯・曼　姬健梅——譯

Der Tod in Venedig

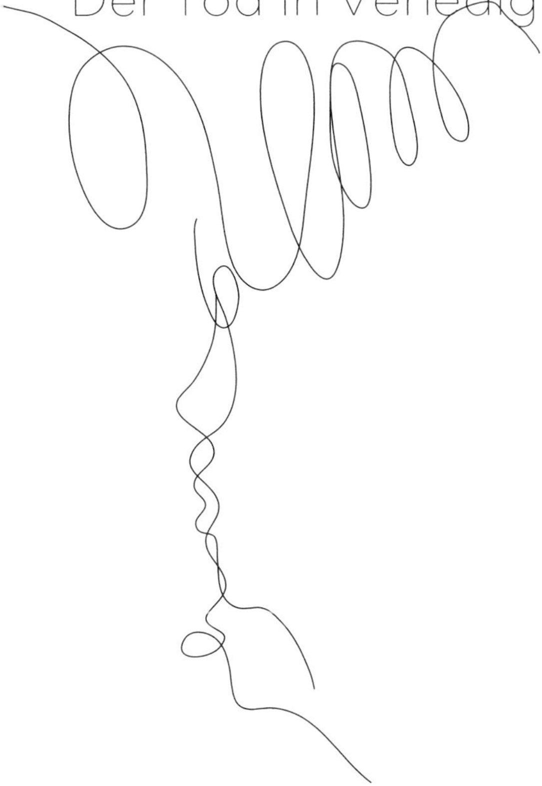

目次

第一章 5

第二章 17

第三章 33

第四章 83

第五章 107

導讀 百年痴迷 紀大偉 153

推薦跋一 美是庸俗世界的威脅 吳明益 162

推薦跋二 也是愛在瘟疫肆虐時 陳玉慧 167

附錄 托瑪斯·曼作品年表 171

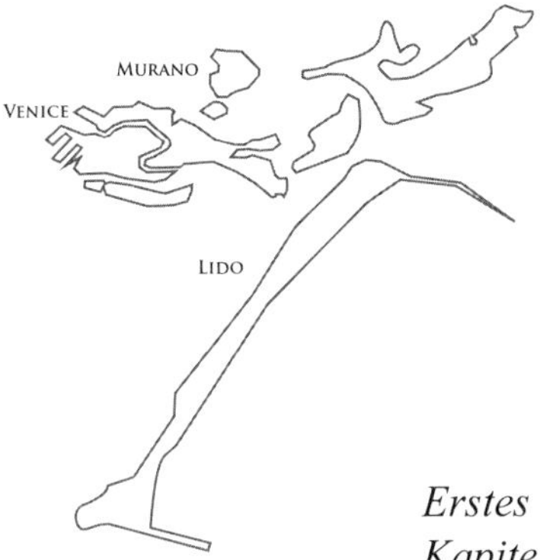

Erstes Kapitel

第一章

古斯塔夫．阿申巴赫在五十歲生日之後的正式姓氏是馮．阿申巴赫[1]，在一個春日午後，他從位於慕尼黑王子攝政路的寓所出發，獨自做了一趟長長的散步，那是一九……年，那一年，接連數月歐洲大陸都流露出危險迫在眉睫的神情[2]。上午那幾個鐘頭的工作既困難又傷神，眼前正需要意志力的高度細心、審慎、深入與精準。受到此一工作的過度刺激，在午餐時間過後，這位作家仍然無法制止內心那具生產中的驅動裝置繼續運作，那種「心靈的持續振動」，依西塞羅[3]之見，文采的本質就由其構成。隨著體力漸漸衰退，在一天當中他十分需要小睡片刻，藉以消除疲勞，但他也沒能睡著。於是，在喝過茶之後，他隨即走向戶外，希望新鮮空氣和運動能讓他恢復精神，幫助他有個工作效率良好的晚上。

那是五月初，偽裝的盛夏在幾個濕冷的星期之後降臨。在「英國花園」裡[4]，雖然樹木才冒出新葉，卻有如八月般潮濕，臨近市區的那一邊滿是車輛和散步的人。一條安靜的小徑領他到了「奧麥斯特啤酒屋」，在那裡，阿申巴赫眺望了一會兒那座熱鬧的庭園餐廳，旁邊停了好幾輛馬車，有出租車，也有氣派的私家車。隨著太陽漸漸西沉，他從那兒踏上歸途，穿過公園外寬廣的田野。因為他覺得累了，再加上弗靈鎮上方眼看要下起暴雨，他便在北墓園旁邊等待電車，電車將以直線行駛，把他帶回城裡。

電車停靠站和周圍湊巧都空無一人，路上也不見車輛，不管是有鋪石路面的溫格爾路，還是弗靈大道，溫格爾路上的電車軌道寂寞地閃閃發亮，朝著施瓦賓區延伸。在石匠工坊的圍籬後面，待售的墓碑、十字架和紀念碑，構成了另一座無人安息的墓地，沒有絲毫動靜。對面葬禮追思堂那座拜占庭式的建築默默地聳立在日暮的餘暉中，正面裝飾著希臘式的十字架和風格嚴謹、淡淡著色的圖畫，此外還有排列對稱的銘文，以金色的字母寫成，是些被挑選出來、言及來生的話語，像是：

「他們進入神的家」或是「永恆之光照亮了他們」。有幾分鐘的時間，這個等車之人從中得到一種嚴肅的消遣，讀出這些常見的句子，讓他的心智之眼沉浸於從中流露出的神祕主義。等他自白日夢中回過神來，他發現在門廊上有個男子，就在那兩隻守衛著露天台階的怪獸上方，《聖經．啟示錄》裡的怪獸。那男子不尋常的外表把他的思緒帶至完全不同的方向。

不知道那男子是從大廳內部穿過那扇青銅大門走出來的，還是突然從外面走到了門廊上。阿申巴赫傾向於第一種假設，但並未費心去想這個問題。那男子身材中等，瘦削，沒有蓄鬍，有個顯眼的塌鼻子，一頭紅髮，也有紅髮的人那種長著雀斑的乳白肌膚。很顯然他並非巴伐利亞人，至少，他頭上那頂帽沿寬而平的草帽讓他看起來像個外國人，像是來自遠方。但他雙肩上卻揹著當地常見的背包，穿著一件繫腰帶的淡黃色上衣，看來是粗呢料子。他把左下臂撐在腰間，上面搭著一件灰色雨衣，右手拿著一根手杖，末端包著鐵皮。他把手杖斜撐在地上，雙腳交叉，臀部倚著杖柄。他的頭抬得很高，瘦削的脖子從寬鬆的運動衫裡伸出來，明顯露出喉結，一雙有著紅色睫毛的透明眼睛銳利地望向遠方，兩眼之間豎著兩道垂直的深深皺紋，跟他短短的塌鼻子出奇地相稱。這讓他的姿勢流露出一股霸氣、一份睥睨之情、一種大膽、甚或是一股野性，或許這個印象也跟他站在高處有關，讓他顯得高高在上。不管他是因為陽光刺眼而對著落日皺出了鬼臉，還是相貌上原本的扭曲：他的嘴唇顯得太短，完全遮不住牙齒，使得牙齒直到牙齦處都露在外面，又白又長，從雙唇間露出來。

阿申巴赫半是不經心、半是好奇地打量那個陌生人，也許是少了一點顧忌，因為他突然發現對方回應了他的目光，而且是如此咄咄逼人地直視他的眼睛，顯然打定主意要不計一切強迫他把目光移開。阿申巴赫感到尷尬，把頭轉開，沿著圍籬走了起來，同時決定不要再去注意對方。下一分鐘他就把那人給忘了。然而，也許是那個陌生人那副漫遊者的模樣，對他的想像力發生了作用，或是受到另外哪種生理或心理上的影響：他愕然意識到自己內心一種異樣的開展，一種蠢蠢欲動，一種年輕人對遠方的渴慕，一種如此活潑、如此新鮮、卻是早已戒除而荒廢了的感覺，使得他把雙手放在背後，注視著地面，愣愣地站住不動，好細究此一感受的本質與目的。

那是旅行的欲望，如此而已；但確實是驟然發作，強烈到成了熱情，甚至成了幻覺。他的渴望變得具有視力，他的想像力從工作那幾個小時以來尚未歇息，突然努力創造出大千世界所有奇觀異景的一個例子：他看見了，看見一片風景，一片熱帶沼澤，在雲霧厚重的天空下，潮濕、茂盛、神祕，一片由島嶼、沼澤和流著泥沙的水道所構成的原始荒野——他看見毛茸茸的棕櫚莖幹或近或遠地冒出來，在繁茂的蕨類之間，在遍地都是豐美蔓生、開著奇花異卉之植物的土地上；他看見奇形怪狀的樹木，氣根穿過半空扎進土地，扎進映著綠蔭的水中，碗般大小的乳白色花朵漂在水面，花朵之間有奇特的鳥類站在淺水中，聳著肩膀，鳥喙形狀怪異，一動也不動地望向一側；看見在竹林多節的竹莖之間，一隻蜷伏的老虎雙眼閃閃發光——他感覺到他的心由於震驚和謎樣的渴望而怦然跳動。然後那個幻覺消失了，阿申巴赫搖搖頭，繼續沿著墓地石匠工坊的圍籬散步。

他把旅行視為偶爾必須違反理智和意願而採行的一種健康措施，至少，在經濟上有能力盡情享受世界交通的便利之後是如此。他過度忙碌於自己以及歐洲的心靈所交付給他的任務，過度承受創作的重責大任，過於厭惡消遣，無法成為花花世界的愛好者。他完全滿足於人人皆可從地球表面看到的東西，無須遠離自己的生活圈，從不曾有過離開歐洲的念頭。況且，自從他的生命逐漸邁向黃昏，自從他無法再把藝術家志業未竟的念頭視為無稽——擔心在他完成畢生志業之前時間就將用盡。在這之後，他的生活幾乎完全局限於這個已成為他故鄉的美麗城市，還有他在山間建造的僻靜鄉居，那是他度過多雨夏季的地方。

再說，剛才這一陣突如其來的遲來感受，很快就會由理智和從小養成的自律加以節制，加以糾正。他原打算在移居鄉間之前，把他念茲在茲的作品進行到某個程度，去遊覽世界的念頭將會誘使他離開工作好幾個月，這個念頭未免太隨性、太違反計畫，不能認真考慮。然而，此一誘惑何以如此令人意外地出現，他心裡再清楚不過。那是逃離的衝動，他向自己承認，這種對遠方與新鮮事物的思慕，這種對獲得自由、卸下重擔和遺忘的渴望——這種離開工作的衝動，離開一種僵化、冰冷、拚命工作的日常處所。雖然他熱愛工作，幾乎也愛那勞力傷神、日復一日的對抗，在他堅韌、自豪、往往經得起考驗的意志力，和那份越來越深的疲憊之間。沒有人曉得他的疲憊，他也絕不容許這份疲憊在他的創作中以任何方式洩露出來，透過失敗和懈怠的跡象而洩露出來。不過，明智的作法似乎是不要把弦繃得太緊，不要固執地扼殺如此猛然出現的需求。他想起他的工作，想起他今天不得不停筆之處，一如昨天，那個部分似乎就是不願意順從，不管是耐心地修飾，還是快速地奇襲都沒有用。他重新審視這個部分，嘗試突破那層障礙，嘗試加以解決，而帶著一股厭倦放棄了攻擊。在此出現的並不是什麼超乎尋常的困難，令他無力的是他的意興闌珊，表現為一種再也無法滿足的不滿足。固然，他還年輕時就把不滿足視為才華的深刻天性與本質，因此他約束自己的感覺，使之冷卻，因為他知道自己的感覺容易滿足於愉快的馬虎和不完全的完美。此刻莫非是被壓抑的感覺在報復？藉由離開他，從此拒絕再承載他的藝術、鼓舞他的藝術，而且把對形式與表達的所有興味與陶醉一併帶走？倒不是說他生產出劣作：對於自己的大師身分，他隨時都泰然自若，很有把握，這至少是他這把年紀的優點。然而，當全國都尊敬他的大師身分，他自己卻並不感到高興，覺得他的作品似乎缺少那種熱情洋溢的特質，這種特質是喜悅的產物，一種比任何內涵都更具份量的優點，構成世人享受作品的快樂。他害怕將在鄉間度過的夏天，獨自住在那間小屋，除了他以外，只有替他準備餐點的女傭和把餐點端來的僕人，也害怕熟悉的山巔與山壁將再度包圍他對進度緩慢的不滿情緒。因此，插手干預是必要的，一點點隨性生活、一點點遊手好閒、一點點遠方的空氣和注入新血，好讓這個夏天變得可以忍受，變得豐富多產。那就去旅行吧——他感到滿意。不必去多遠，不見得要到有老虎的地方去，在有臥鋪的火車裡過一夜，在宜人的南方隨便找個普通的度假地點休息個三、四週……

他這樣想著，此時電車的聲響沿著溫格爾路逐漸接近，在上車時，他決定把今晚用來研究地圖和火車時刻表。踏上車時他想起來，要四下尋找那個戴草帽的男子，那人是他在此處逗留的同伴，畢竟這趟逗留產生了一些影響。然而，他看不出那男子人在何處，因為此人既不在先前所站之處，在電車站和車廂裡也不見其蹤影。

1 馮．阿申巴赫（von Aschenbach）在德文中，姓氏前面加上 von 代表貴族姓氏，此處表示阿申巴赫在五十歲生日時受封為貴族。

2 這本小說寫於一九一一年，同年德國跟法國為了爭奪在摩洛哥的利益而交惡，幾乎引發戰爭，史稱「第二次摩洛哥危機」。

3 西塞羅（Marcus Tullius Cicero, 106 BC - 43 BC）：羅馬共和國晚期的哲學家、政治家、律師、作家、雄辯家。被公認為古羅馬最好的演說家和最好的散文作家之一。

4 「英國花園」（The English Garden）是慕尼黑市內的大型綠地，佔地三點七平方公里，規模在全世界的都市公園中數一數二。

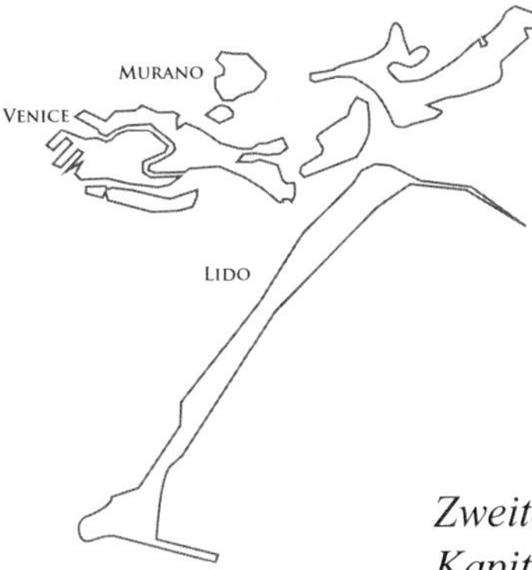

Zweites Kapitel

第二章

他是普魯士腓特烈大帝那本傳記小說的作者，也是有耐心的藝術家，長時間努力編織那本人物眾多的小說，名為《瑪雅》，將形形色色的人類命運集結在一個意念的影子下。他也創作了《不幸之人》那篇短篇故事，向一整個世代心懷感激的青年展示堅毅德行的可能性，超乎最深刻的知識之外。最後，他也撰寫了《精神與藝術》那篇熱情的論文（至此，他成熟時期的作品就大致介紹完畢），重要的評論家把這篇論文的條理分明與辯證式論述，拿來和席勒對天真詩學與感傷詩學的思考相提並論[5]。古斯塔夫·阿申巴赫出生於L市，西里西亞省的一個縣城[6]，父親是高階司法官員。他的祖先有軍官、法官和行政官員，效命於國王與國家，過著嚴謹、儉樸而正派的生活。較深刻的智慧曾體現在他們之中的一位佈道者身上；較魯莽、較感性的血液則來自上一代，透過這位作家的母親而進入這個家族，她是波西米亞一位樂團指揮的女兒。他外表上來自外族的特徵就是得自他母親。工作上的冷靜認真與神祕的熱情衝動相結合，造就了藝術家，也造就了這一位特別的藝術家。

由於他生性好名，即便稱不上早熟，但多虧了他語氣的果決和簡潔，他在公眾面前很早就顯得成熟幹練，幾乎在還是中學生時就小有名氣。十年後，他學會了從書桌來廣結善緣，來管理他的名聲，藉由書信表現出友好和自己的名望，這些信必須要短，因為這個值得信賴的成功作家接獲的要求很多。到了四十歲，由於本身工作的辛勞和起伏而疲憊，他還得日日回覆貼著世界各國郵票的信件。

他的才華既遠離陳腐平庸，也遠離標新立異，他既能贏得大眾的信賴，也能贏得挑剔者欽佩的關注。就這樣，從少年時期就受到各方期望要有成就——而且是卓越的成就，他從不知懶散為何物，也從不識得年少無憂的散漫。當他三十五歲時在維也納生了病，一個敏銳的觀察者在社交場合這樣提到他：「各位，阿申巴赫一直以來只過著這樣的生活」——說話者把左手的手指收攏成拳頭；「從來沒過過像這樣的生活」

——他把手張開，放鬆地從沙發的扶手垂下來。這人說的沒錯；此事堅毅之處在於阿申巴赫天生一點也不健壯，之所以努力不懈是由於職責所在，而非天性。

由於醫生的叮嚀，小時候他被囑咐不要去上學，而在家裡學習。他在沒有同伴的情況下獨自長大，他不得不早早看出在自己的家族中，才華並不罕見，罕見的是發揮才華所需要的體魄——這個家族的人往往早早便使盡全力，才幹很少帶來長壽。然而，他最喜歡的字眼是「堅持到底」——在他那本寫腓特烈大帝的小說裡，他看見的不外是這個命令字眼的莊嚴結局，這個字眼在他眼中代表全力以赴的美德。他也衷心希望能活到老年，因為他一向認為藝術家的成就唯有在人生的所有階段都展現出該階段特有的成果時，才能稱之為真正的偉大、全面，也才真正值得尊敬。

由於他想把才華賦予他的任務扛在柔弱的肩上，並且走一段長路，因此他極端需要紀律，幸好紀律是他得自父系家族的天生遺傳。到了四、五十歲，其他人往往開始浪費時間，尋歡作樂，心安理得地拖延大型計畫的執行，他則準時展開每一天，用冷水潑胸背，然後把銀質燭台裡一對高高的蠟燭放在手稿上方，在上午兩、三個小時裡認真投入，把他在睡眠中所累積的精力做為獻給藝術的祭品。不知情者若把《瑪雅》的世界，或是描述腓特烈大帝英雄生命的長篇鉅作，視為在旺盛精力下一氣呵成的產物，這也情有可原，其實正代表他在道德上的勝利。事實上，這些作品乃是由每日一點一滴的工作累積而成，由數百個單一的靈感所構成。而這些作品之所以在每一點上都如此出色，是因為創作者以不懈的意志與堅韌——類似腓特烈大帝征服他家鄉省分的那種堅韌[7]，多年在同一部作品的壓力之下堅持下來，只把他最有精神、最有價值的時間投注於實際的創作上。

要讓一件重要的精神產物能夠立刻產生既深且廣的作用，在其創作者的個人命運與同時代之人的共同命運之間，必須有一種祕密的相似之處。世人並不明白他們為什麼讚譽一件藝術作品；他們認為在那件作品上發現了上百種優點，讓他們有理由表現出這麼高的興趣，但他們遠遠不是真的懂得鑑賞，他們喝采的真正原因是種無法衡量的東西，亦即同情。阿申巴赫曾經在作品中不顯眼之處直接說出來，說所有的偉大幾乎都是一種「儘管，卻」的情況，儘管有煩惱和痛苦，儘管貧窮、遭人遺棄、身體虛弱，儘管有惡習、激情和千百種阻礙而卻仍舊得以成功。此言並非只是個看法，而是一種經驗，簡直就是他人生與名聲的公式，是解讀他作品的鑰匙。那麼，如果這也是他筆下那些奇特人物的道德性格與外在樣貌，又何足為奇？

這種新的主角類型以各種形象一再出現，針對這一點，一位聰明的剖析者很早就寫過，說這個主角乃「帶有少年陽剛氣質的知識分子」，「在自豪的羞澀中咬緊牙關，靜靜站立，任由劍與矛刺穿自己的身體」。這話說得很美，很有見地，也很準確，雖然顯得過於消極。因為在命運中展現沉著，在痛苦中散發優雅，這不僅意味著一種忍耐，更是一種主動的成就，一種正面的勝利，而聖塞巴斯蒂昂的形象是最美的象徵[8]，即使不能算是所有藝術的象徵，至少肯定是文學這種訴諸語言之藝術的象徵。只要看進他筆下的世界，就會看見：優雅的自制，直到最後一刻都在世人眼前隱藏內在的空洞，隱藏生理上的衰敗；在感官上居於劣勢的醜陋，能把自己鬱積的熱情點燃成烈焰，儼然統治了美之國度；蒼白的軟弱，從精神的深處取得力量，讓整個傲慢的民族拜倒在十字架下，拜倒在它腳下；在拘泥形式的空洞、在嚴格工作中維持可敬的沉著；虛偽、危險的生活，迅速令人神經衰弱的思慕，還有天生騙徒的本領……觀察所有這些命運和更多相似的命運，讓人不免懷疑，除了植基於弱點的英雄主義之外是否還有別種英雄主義。不過，哪一種英雄主義會比這一種更適合這個時代呢？古斯塔夫·阿申巴赫是所有作家中之最，那些工作到幾乎油盡燈枯的作家，那些負荷過重、業已精疲力盡、仍舊撐下去的作家，所有那些重視成就的道德家，他們體格虛弱，資源不足，藉由綳緊的意志和聰明的管理，至少有一段時間能掙得偉大的成果。這樣的人很多，他們是這個時代的英雄，而他們全都在他的作品中認出自己，自覺在他的作品中得到肯定、讚揚和歌頌。他們感激他，叫響他的名字。

那時他還年輕，不懂得善待時間，也讓時間給他出餿主意，曾公然失足，做出失策的事，讓自己出洋相，在言語和作品中失了分寸而且有欠謹慎。但他贏得了尊嚴，如同他所聲稱，凡是才華出眾者都自然會追求這種尊嚴。沒錯，你可以說，他的整個發展就是自覺而執著地朝尊嚴攀升，把懷疑與嘲諷構成的所有障礙拋在身後。

市民大眾所喜歡的是生動易懂的描繪，無須太傷腦筋，但熱情而絕對的年輕人只會為難題著迷，而阿申巴赫就跟任何年輕人一樣絕對，一樣面對棘手的難題。他沉溺於精神，對知識耕耘過度，碾碎了種子，洩露了祕密，對才華感到懷疑，背叛了藝術——是的，一方面他所塑造出的人物，娛樂、提升、振奮了那些忠實的讀者；另一方面，藉由挖苦藝術和藝術家的可疑本質，身為年輕藝術家的他讓那些二十多歲的人屏住了呼吸。

但是，比起在任何其他事物上，一個高貴出眾的心靈在知識銳利尖刻的刺激下似乎磨鈍得更快，也更徹底。無疑的，年輕人認真的追根究底意味著淺薄，比起已成為大師之男子的深沉決心，那種決心否定知識，拒絕知識，昂首不予理會，只要那知識會使意志、行動、感覺、乃至於熱情變得麻木、變得氣餒、受到侮辱，哪怕只有一點點。那篇有名的故事《不幸之人》還能有別的詮釋嗎？若非詮釋為對當代不入流的心理學主義的厭惡，體現在那個軟弱、愚蠢的半惡棍角色身上？這個角色騙取了命運，出於軟弱無能，出於墮落，出於道德上的優柔寡斷，把他的妻子推到一個年輕人懷裡，並且打從心底認為自己有權做出這無恥的行為。在此這位作家用有力的文字拒絕了墮落，此一力道宣告他已拋棄了對道德的所有懷疑，拋棄了對墮落的同情，拒絕了「要了解一切就必須原諒一切」這句關於同情的軟弱話語。而此處所醞釀的、已經發生的，是那「重生之無拘無束」的奇蹟，後來在這位作者的一番談話中曾明確提及，並且加以強調。奇怪的思想關聯！就在同一個時間，別人注意到他對美的感受幾乎過度增強，形式上那種高貴的純淨、簡單和勻稱，從此賦予他的作品一種典範和完美的印記，如此明顯，甚至是刻意，這莫非是此一「重生」、此一新的尊嚴與嚴謹在精神上產生的結果？然而，道德上的堅決若是超乎於知識之外，那麼這種堅決不也意味著一種簡化，把世界與心靈在道德上單純化，強化了惡，強化了被禁止之事和道德上不許可之事？再說形式不是有兩種面貌嗎？它不是既符合道德，又不符合道德——做為紀律的結果與表現，它符合道德；如果它天生包含了一種道德上的漠然，努力使道德屈服於它驕傲與不受限制的權杖之下，那麼它不就是不符合道德，甚至是反道德嗎？

不管怎麼樣！人生的發展是一種命運；比起那種缺少名聲的榮光與約束而完成的發展，這種受到大眾關注與信賴的發展以不同的方式進行有何不可？只有無可救藥的浪蕩者才會覺得這很無趣，而想加以嘲弄，當偉大的才華在成長後脫離了放蕩的階段，習慣了感受到精神的尊嚴，接受了寂寞的宮廷禮節，那寂寞充滿了無奈的折磨與掙扎，在人群中帶來權力與榮耀。此外，在才華的自我塑造中有多少趣味、執著和享受！隨著時間，在古斯塔夫·阿申巴赫的作品中出現了一種教育意味，在較晚的歲月裡，他的風格放棄了那種直接的大膽、那種新穎細膩的明暗層次，轉向那種可為典範的中規中矩，那種傳統而洗鍊，那種經過時間考驗、正式、甚至是公式化的風格，如同文獻中對法王路易十四的記載，年歲漸長的阿申巴赫把每一個粗鄙的字眼都逐出了他的語言文字。就在那時候，教育當局從他的作品中挑選了幾頁，放進教科書裡。當一位剛登基的德國王侯在這位《腓特烈大帝》的作者五十歲時賜封他貴族頭銜，他內心覺得這很恰當，並未加以拒絕。

經過幾年的不安定，嘗試在不同的地方停留，他早早選擇了慕尼黑做為長期居住地，在那裡過著受尊敬的市民生活，這份尊敬是在少數特殊情況下給予文人的。他還年輕時就與一位出身書香世家的小姐結婚，這樁婚姻有過短暫的幸福時光，因女方死亡而結束，留下一個如今已為人妻的女兒，他從不曾有過兒子。

古斯塔夫・馮・阿申巴赫比中等身材略矮一些，深褐髮，沒有蓄鬍。比起幾乎顯得柔弱的身形，他的頭似乎有點太大。他的頭髮往後梳，頭頂有點稀疏，兩鬢還很濃密，已經灰白，圍著佈滿皺紋、看似多疤的高高額頭。鑲著無框鏡片的金邊眼鏡嵌在弧度優美的敦實鼻子上；嘴巴很大，常常垮著，也常會突然抿緊；臉頰瘦削而緊繃，形狀優美的下巴有一道柔和的凹陷。這個往往痛苦地歪向一邊的腦袋似乎遭遇過重大的命運，然而，平常塑造外貌的是辛苦而動盪的人生，在他身上負責塑造外貌的則是藝術，伏爾泰與腓特烈大帝之間關於戰爭之對話的精彩重現，從這個額頭後面誕生；從眼鏡後面深深望出來的疲倦眼睛，曾見過「七年戰爭」戰地醫院裡血淋淋的恐怖景象[9]。即使從個人的角度來看，藝術也提升了生命，帶給人更深的幸福，也讓人損耗得更快。藝術在其僕人的臉上刻出想像之精神冒險的痕跡，而且長期下來，即使表面的生活有如修道院般寧靜，藝術造成神經的嬌生慣養、過份講究、疲倦和好奇，是縱情於放蕩與享受的人生幾乎無法帶來的。

5 席勒（Johann Christoph Friedrich von Schiller，1759-1805）為德國戲劇家、詩人和文學理論家，文中指的是他那篇題為論天真詩學與感傷詩學的論文，係文藝理論史上探討文學問題的重要作品。

6 西里西亞（Silesia）為古代波蘭省名，一七四二年為普魯士占領，二次大戰後歸還波蘭。

7 為了爭奪西里西亞，普魯士與奧地利在十八世紀時多次交戰。

8 塞巴斯蒂昂（Saint Sebastian）為早期基督教徒，殉教而死。文藝復興時期的藝術家常以他的殉道事跡作為題材，通常將他畫成亂箭刺身的英俊青年。

9 「七年戰爭」（Seven Years War）是一七五六年至一七六三年的普奧戰爭，主要係由於奧地利企圖收回普魯士所奪取的西里西亞而引起。

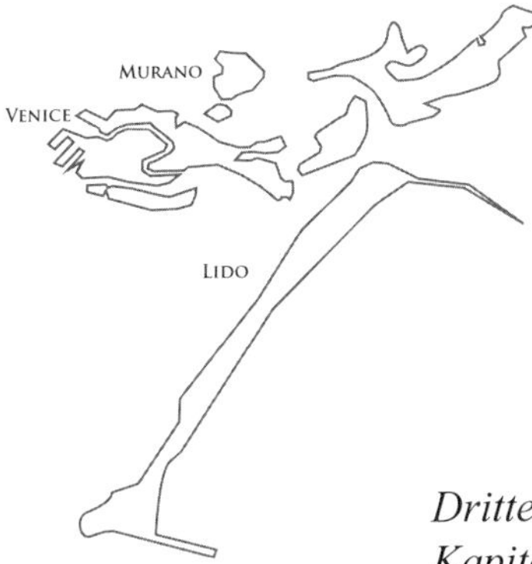

Drittes Kapitel

第三章

在慕尼黑那趟散步之後，好些事情又耽擱了這位意欲旅行者大約兩週的時間，有些是俗事，有些則與文學有關。他終於交代下去，在四週之內把他的鄉間寓所準備好，讓他能夠進住。他在五月下半月的某一天搭乘夜車前往第里雅斯特，在那裡只停留了二十四個小時，次日早晨便乘船前往普拉[10]。

他所尋找的是異地風情和了無牽絆，但又要很快就能抵達，於是他在亞得里亞海一座小島上停留。那座小島近年來風評甚佳，距離伊斯特里亞半島的海岸不遠，面海之處有美麗嶙峋的礁岩，居民穿著色彩鮮豔的襤褸衣裳，說著全然陌生的語言。然而碰上下雨，空氣沉重，旅館住客全是小地方的奧地利人，再加上缺少跟大海之間那種既寧靜又密切的關係——這種關係只有柔軟多沙的海灘才能提供，令他心情不快。他無法覺得來到了自己想去的地方，內心有股拉力令他不安，但他還不清楚那股力量是拉向何方。他查看船隻接駁的地點，用探詢的目光四處張望，然後，他的目的地驟然在眼前浮現，既令他驚訝，又自然而然。如果想在一夜之間抵達一個無與倫比的地方，一個有如童話般與眾不同的地方，該去哪兒呢？答案顯而易見。他來這裡做什麼？他走錯路了，他原本就想去那兒的。於是他毫不遲疑地取消這趟錯誤的停留，在他抵達這座小島一個半星期之後，一艘快艇在陰陰的清晨越過海面，把他和行李送回了那座軍港。上岸之後，他立刻走過一塊搭在岸邊的木板，登上一艘有潮濕甲板的船，那艘船正要啟航前往威尼斯。

這是艘義大利籍的老船，陳舊、昏暗、而且被煤煙燻黑了。阿申巴赫一上船，就有一個駝背而邋遢的水手帶著笑，禮貌地請他進到船艙中一個小房間裡，那房間有如洞穴一般，點著燈。一個蓄山羊鬍的男子坐在一張桌子後面，帽子斜壓在額頭上，嘴角叼著一根菸蒂，外貌像個老派的馬戲團團長。他以做生意的輕鬆表情登記旅客的身分，像是在扮鬼臉，把船票開給他們。「到威尼斯！」他複誦著阿申巴赫所說的目的地，伸長手臂，把筆尖插進一個斜放的墨水瓶濃稠的殘餘墨水中。「到威尼斯的頭等艙！馬上好，先生！」他寫下大大的潦草字跡，從一個小罐子裡抓了點藍沙灑在那些字上，讓多餘的沙子流到一個陶製的淺碟裡，用指節突出的黃色手指把那張紙折起來，再往上寫，「這個旅行地點選得真好！」他閒扯著：「啊，威尼斯！一個了不起的城市！對有文化的人來說具有無法抗拒的吸引力，由於它的歷史，還有它如今的魅力！」他的動作乾淨俐落，伴隨著空洞的廢話，產生了一種麻醉和轉移注意的效果，彷彿他唯恐旅客還會改變前往威尼斯的決定。他迅速收了錢，以賭場裡收付賭金之人的熟練，把找的錢撂在有污漬的桌布上。「好好輕鬆一下，先生！」他說，像個演員般彎腰鞠躬，「載送您是我的榮幸……各位先生！」他舉起手臂大聲喊，彷彿生意再興旺不過，雖然並沒有其他人要向他買票。阿申巴赫回到甲板上。

他一隻手臂倚著欄杆，打量那些在碼頭上晃蕩、等待船開的閒人，還有船上的乘客。二等艙的乘客蜷縮在前甲板上，男男女女把箱子和行李拿來當椅子用。第一層甲板上的旅客是一群年輕人，看起來像是普拉市的商行職員，興致高昂地打算一起去義大利玩一趟。他們對自己和他們的旅遊計畫都很張揚，嘰嘰喳喳地閒聊，大笑，對自己的表情手勢洋洋自得，趴在欄杆上，向岸上的同伴喊著說慣了的嘲弄話語。那些同伴把公事包夾在手臂下，為了辦事沿著港邊道路行走，用手杖作勢威脅船上興高采烈的這一群。其中一人穿著剪裁過度時髦的鮮黃色夏季西服，繫著紅領帶，戴著帽沿大膽翻起的巴拿馬草帽，他高聲說話，比其他人都還要更興高采烈。然而，阿申巴赫才想把他看得仔細一點，就赫然發現那是個假扮的年輕人。他年紀很大了，這一點毫無疑問，眼睛和嘴巴四周都是皺紋，臉頰上淡淡的紅暈是腮紅，彩色編織草帽下的褐髮是假髮，脖子鬆垮而青筋畢露，唇上那撇小鬍子和下巴上的鬍鬚是染過的，大笑時露出的整排黃牙是便宜的假牙，雙手食指戴著印章戒指，那是雙老人的手。阿申巴赫看著他和他那群朋友在一起，覺得全身發毛。難道他們不知道，難道他們沒發現他是個老人嗎？沒發現他不該和他們一樣穿著時髦的彩色服裝，不該扮演他們當中的一員？他們似乎理所當然而且習慣於容忍他在他們當中，視他為同類，當他開玩笑地用手去戳他們的腰部，他們也不以為意。這是怎麼回事？阿申巴赫用手摀住額頭，閉上眼睛，他的眼睛發燙，因為睡得不夠。他覺得一切彷彿打從一開始就很詭異，彷彿一種做夢般的疏離感擴散開來，世界走了樣，變得怪異。如果他先把自己的臉稍微遮住，再重新望向四周，也許就能遏止這種走樣和疏離。然而，就在這一瞬間，一種漂浮之感讓他不禁嚇了一跳，抬頭一看，發現沉重、黝黑的船身正緩緩駛離有圍牆的岸邊。在機器一前一後的運作下，碼頭與船壁之間的條狀海水一吋吋地擴散開來，髒髒地閃動。經過緩慢地調度，這艘蒸汽船把船艏轉向寬闊的大海。阿申巴赫走到右舷，那個駝背的水手替他架起一張躺椅，一名服務生穿著污漬斑斑的燕尾服，問他有何吩咐。

天空灰暗，風很潮濕。港口和島嶼被撇在後方，沒多久，所有的陸地都從霧濛濛的視線中消失。片片煤灰掉落在洗過的甲板上，沾了濕氣而膨脹起來，甲板總是不乾。一個鐘頭之後就有人撐開一面帆布遮蓬，因為開始下雨了。

那旅人裹在大衣裡，懷裡放著一本書，靜靜休息，時間不知不覺地流逝。雨停了，布蓬被移開，整條地平線都在眼前。在天空陰鬱的穹頂下，茫茫大海的巨大圓盤朝四周擴展。在空盪盪、未經劃分的空間裡，人的意識也失去了時間感，在未經度量的時空中恍恍惚惚。虛幻的怪異人物、那個打扮時髦的老人、船艙裡那個蓄著山羊鬍的男子、模糊的手勢、混亂的夢囈，全都在這個休憩者的思緒中閃過。他睡著了。

中午時，他被請到那個走道般的餐廳裡去用餐，那些臥艙的門都通到這個餐廳。他坐在一張長桌的前端用餐，在長桌尾端，那些商行職員從十點鐘起就跟那位爽朗的船長一起豪飲，包括那個老人在內。食物乏善可陳，他很快就用餐完畢，想到外面去看看天空，看看在威尼斯上方是否會放晴。

他認為一定會放晴，因為這座城市一向都是在光亮中迎接他。然而天與海陰鬱依舊，一片鉛灰，偶爾下起濛濛細雨，他認命地接受自己從水路抵達了一個不同的威尼斯，不同於他之前從陸路來時所見。他站在前桅旁，望向遠方，等待陸地出現。他憶起那個憂鬱而熱情的作家，當年他夢中的圓頂和鐘樓從這些潮水中浮現。他靜靜地重溫當時所譜成的詩歌，寫進了他的敬畏、幸福和哀傷，那已然成形的感受輕輕鬆鬆地打動了他。他檢視自己嚴肅而疲倦的心，這個悠閒的乘客能否再有一種新的熱忱與迷惘，一種遲來的情感冒險？

此時平坦的海岸在右邊出現，點點漁舟讓大海有了生氣，那座浴場島嶼顯露出來，這艘蒸汽船把那座小島留在左邊，放慢速度，滑進以該小島命名的狹長港口，面對五顏六色的簡陋房屋，在潟湖上停住，因為必須等待衛生檢查員的小船。

那小船在一個小時之後才出現。人既已抵達，又未真正抵達，縱使並不趕時間，還是令人不耐。軍隊的號角聲從公共花園傳到海面上來，那些來自普拉的年輕人來到甲板上，或許是被號角聲吸引而興起了愛國心，在葡萄酒的作用下，向在那邊演習的特種步兵大喊萬歲。但是，眼見那個修飾過度的老人錯跟年輕人一起廝混而落入了何等處境，著實令人作嘔。他年老的大腦經不住那些葡萄酒的作用，跟那些精力充沛的年輕大腦不一樣，他喝醉了，模樣很可悲。他目光呆滯，一根香菸夾在顫抖的指間，搖搖晃晃，勉強維持平衡，被醉意拉向前又扯向後。由於他一邁步就會跌倒，所以他不敢移動分毫，然而他流露出一種可鄙的放肆，抓住每個靠近他的人衣服上的鈕釦，口齒不清地說話，眨眼睛，吃吃傻笑，舉起戴著戒指、皺巴巴的食指來開無聊的玩笑，還用令人噁心的曖昧方式用舌尖舔著嘴角。阿申巴赫眉頭緊蹙，看著他，又有了那種昏昏沉沉的感覺，彷彿世界流露出一種扭曲成怪異醜陋的傾向，這個傾向雖然輕微，卻無法阻擋。不過，眼前的情況阻止了他沉湎於此一感覺，因為轟隆隆的機器再度開始運轉，這艘船重新展開在接近目的地之處被中斷的航程，穿過聖馬可運河。

於是他又看見那個令人驚嘆的登陸碼頭，那種美妙建築的耀眼組合，這個共和國以這些建築迎接那些駛近之航海者敬畏的目光：宮殿的秀麗和嘆息橋，立著獅子和聖徒雕像的岸邊石柱，童話般的教堂突出的堂皇側面，眺望大門通道和鐘樓，他一邊注視一邊思索，從陸路經火車站來到威尼斯就好比從後門走進一座宮殿，要抵達這座最不可思議的城市應該搭船從大海過來，就跟他現在一樣。

機器停止運轉，貢多拉小船紛紛湧上前，舷梯被放了下來，海關官員登上船，草草執行任務；乘客可以上岸了。阿申巴赫示意他需要一艘小船把他和行李送到水上巴士停靠站去，那些水上巴士在城市和麗都島之間往返；因為他打算住在海邊。船上人員贊同他的打算，把他的需求對著海面大聲喊出去，那些船伕在海面上用方言互相爭吵。他的行李箱剛剛才從那個梯子般的台階被費力地拖下去，一時被自己的箱子擋住，他還無法下船。於是他有好幾分鐘的時間躲不開那個恐怖老人的糾纏，醉意促使那老人想跟這個陌生人道別。「祝你在此有最愉快的時光」，他行著屈膝禮，嘟嘟囔囔地說。「帶著美好的回憶道別！再見，打攪了，日安，閣下！」他在流口水，眼睛緊閉，舔著嘴角，染過的鬍尖在那張老嘴邊上豎立。「致上我們的問候」，他口齒不清地說，把兩個指尖放在嘴邊，「致上我們的問候，向小寶貝，最可愛，最美麗的小寶貝……」突然他的上排假牙從齒顎掉到下唇上。阿申巴赫得閃開，當他扶著繩子做的扶手，爬下舷梯，還聽見那人在他背後嘰嘰咕咕，悶聲悶氣地說：「小寶貝，漂亮的小寶貝……」

當一個人第一次登上一艘威尼斯的貢多拉，或是在很久以後再度登上，不是都得對抗短暫的戰慄、祕密的羞怯和忐忑不安？這種罕見的交通工具，從敘事詩的時代流傳至今，毫無改變，黑得如此獨特，在所有其他東西當中像這麼黑的只有棺材——讓人想起在水聲潺潺的夜裡無聲的犯罪冒險，更讓人想起死亡本身，想起屍架和陰森的葬禮，還有沉默的最後一程。可有人注意到，這個有如屍架的座椅，這個漆黑如棺木、嵌著黑色軟墊的扶手椅，乃是世間最柔軟、最豪華、最讓人鬆弛的座椅？阿申巴赫注意到了。他在船伕腳邊坐下，面對整整齊齊擺在船頭的行李，船頭形狀有如鳥喙。那些船伕還在爭吵不休，粗聲粗氣，含含糊糊，伴著威脅的手勢。不過，這座水城特殊的靜謐似乎溫柔地接納了他們的聲音，除去其形體，融入水中。在港口裡很暖和。西洛可風暖暖地吹來[11]，這個旅人在柔軟的水面上倚著靠墊，閉上眼睛，享受這種難得而又甜蜜的懶散。他想，這趟船程將會很短，但願船能一直走下去！在輕輕的搖晃中，他覺得自己脫離了擁擠的人群和嘈雜的聲音。

他周圍變得越來越安靜了！什麼也聽不見，只有船槳擊水的聲音，波浪拍上船艄的低沉聲音，那鳥喙般的船頭陡直、漆黑、尖端如戟般地立在水上。另外還有第三種聲音，是說話聲，一種竊竊私語——那是船伕在輕聲低語，用齒間擠出來的氣音在自言自語，斷斷續續地，隨著他手臂划船的動作而擠壓出的聲音。阿申巴赫抬眼望去，微感詫異地發現周圍的潟湖逐漸開展，他正朝著寬廣的海面駛去。看來，他似乎不該過度放鬆，而該考慮貫徹自己的意志。

「我要去汽船站。」他說，半轉過身去。船伕的竊竊私語沉寂下來。他沒有得到回答。

「我要去汽船站！」他又說了一次，這回他把身體整個轉過去，仰視船伕的臉，那船伕在他後面，站在高起的船舷上，背後是灰暗的天空。那人相貌不討喜，甚至顯得兇惡，穿著水手般的藍色衣服，繫著黃色的寬腰帶，一頂不成形狀的草帽隨性地歪戴在頭上，編線已經鬆開。他的臉型和短短的塌鼻子下方鬈曲的金色鬍鬚，讓他看起來一點也不像義大利人。儘管體型略顯瘦弱，看起來不怎麼適合做這行，他操起船槳卻很有精神，每划一下都用上整個身體。有幾次他由於使勁而把嘴唇向後撇，露出白白的牙齒。他皺著一對紅眉，目光越過這位客人，一邊斬釘截鐵、幾近粗魯地回答：

「您要去麗都島。」

「沒錯。不過，我搭貢多拉只是為了到聖馬可去。我想去搭水上巴士。」

「您沒辦法搭水上巴士，先生。」

「為什麼不行？」

「因為水上巴士不載送行李。」

這倒是真的，阿申巴赫想起來了，頓時無言。但是此人這種粗魯、傲慢的態度，不似當地人對待陌生人的方式，顯得令人難以忍受。他說道：

「這是我的事，也許我會把行李交付保管。請你掉頭。」

一片靜默。船槳拍擊水面，水悶聲悶氣地拍打著船艄。說話聲和竊竊私語又再響起：那個船伕用牙齒間擠出來的聲音在自言自語。

該怎麼辦？就只有他跟這個放肆得怪異、堅決得嚇人的船伕在水上，這個旅人想不出辦法來貫徹自己的意志。再說，如果他不要生氣的話，他可以多麼舒服地休息！他原本不是希望這趟船程會拉長，會永遠持續下去嗎？順其自然應該是最聰明的作法，再說這樣也最愜意。他的座位似乎散發出一種慵懶的魔力，這張低矮、嵌著黑色軟墊的扶手椅，隨著身後那蠻橫的船伕划動船槳而輕輕搖晃。他落入了惡人手裡，這個念頭從阿申巴赫的意識裡悠悠閃過，卻無力喚醒他的思緒來做積極的抵抗。更令他不悅的是這一切可能都只是為了敲他竹槓。一種責任感或自尊心讓他再度打起精神，彷彿想起必須預防對方敲竹槓。他問：

「這趟船要多少錢？」

船伕目光越過他身上，答道：

「您會付的。」

這句話該怎麼回應再清楚不過。阿申巴赫不假思索地說：

「如果你不把我載到我想去的地方，我一毛錢也不付。」

「您要去麗都島。」

「但不是跟你去。」

「您搭我的船很舒服。」

這是真的，阿申巴赫心想，放鬆下來。這是真的，我搭你的船很舒服。就算你是看上我的現金，從我背後一槳把我打進冥府，我搭你的船還是很舒服。

只不過這樣的事並未發生。甚至有人來跟他們作伴，一艘船上坐著用音樂來攔路打劫的男男女女，和著吉他和曼陀林唱著歌，糾纏不休地緊貼著這艘小船而行，用異國歌謠填滿了水面的寧靜，目的只在賺錢。阿申巴赫把錢扔進那頂伸過來的帽子裡，那群男女就不再作聲，划開了。船伕的低語又傳進耳中，他不時斷斷續續地跟自己說話。

他就這樣抵達了，在一艘駛往城市的汽船的艉波裡搖晃。兩名市府公務員在岸邊來回踱步，雙手放在背後，臉朝向潟湖。阿申巴赫在一個老人的攙扶之下，從上岸的跳板下了小船，在威尼斯的每一個靠岸處都有這樣的老人帶著鉤船的鐵爪守候。由於他沒有小鈔，便走到與汽船靠岸處相鄰的那間旅館去換錢，打算隨意付那船伕一點船資。等他在旅館大廳換了錢回來，發現他的行李在碼頭邊的一輛推車上，小船和船伕都已不見蹤影。

「他走了，」拿著鉤船鐵爪的老人說，「一個壞傢伙，他沒有許可證，先生。在所有的船伕當中只有他沒有許可證。其他的船伕打了電話過來。他看見有人在等著抓他，就走了。」

阿申巴赫聳聳肩膀。

「先生免費搭了這趟船。」那老人說，把帽子遞了過來。阿申巴赫扔了硬幣進去，囑咐把他的行李送到「浴場大飯店」，自己跟在那輛推車後面，經過那條開著白花的林蔭道。這條林蔭道橫跨這座小島，通往海灘，兩旁有小酒館、市集和小旅館。

他從後面進入這間佔地甚廣的飯店，從庭院的露台穿過大廳和前廳，走進辦公室。由於已有人通報他的抵達，飯店人員殷勤地接待他。一名經理陪著他搭電梯上三樓，那人身材矮小，輕聲細語，逢迎有禮，唇上一撇黑鬍子，穿著法式剪裁的小禮服，帶他到他的房間。那是個舒適的房間，用香味濃郁的花朵裝飾，家具是櫻桃木製的，高高的窗戶能夠眺望大海。在那名經理告退之後，他走到一扇窗戶前，此時在他身後有人把他的行李拿進房間。他向外望，看著那片在下午時分遊人寥寥無幾的海灘，以及那片沒有陽光的大海，海水正在漲潮，以相同的節奏把拉長的淺淺波浪靜靜送上岸。

比起喜好交遊的人，孤單沉默之人的觀察與邂逅較為模糊，同時卻也更強烈，他的思緒比較沉重、奇特，而且總少不了一絲悲傷。原本用一個眼神、一聲大笑、一次意見交換就能輕易擺脫的影像和見聞，過度縈繞在他心頭，在沉默之中加深，變得意味深長，成為經歷、冒險和感受。孤獨帶來獨創性，帶來大膽而驚人的美，帶來了詩；但孤獨也帶來了錯亂，帶來不成比例、荒謬而不被允許的事物。就這樣，來此途中所遇到的人物此刻仍舊使這個旅人心情不安，那個嘟囔著「小寶貝」、打扮時髦的恐怖老人，那個受人排斥、沒拿到酬勞的船伕。雖然他們對理智而言不構成問題，也並不引人深思，但他仍舊覺得他們極為奇特，而令人不安的或許就是這種矛盾。他用眼睛跟大海打招呼，感受到威尼斯就近在咫尺的喜悅。終於他轉過身來，洗了臉，交代了客房服務生幾件事，讓他的房間更為舒適，接著讓那個身著綠色制服、負責操作電梯的瑞士人把他送下一樓。

他在臨海那一面的露台上喝茶，隨後往下走，沿著碼頭步道，朝著「怡東酒店」的方向走了好一段。等他回來，似乎已經是該換衣服去用晚餐的時候了。他按照他的方式仔細地慢慢更衣，因為他習慣在梳妝台前整裝。儘管如此，他抵達大廳的時候還是太早，看見許多住房客人聚在大廳裡，他們互不相識，刻意表現出對彼此漠不關心，但都在等待晚餐。他從桌上拿起一份報紙，在一張皮沙發上坐下，打量這群人。這些人不同於他在前一個停留地所遇見的人，令他心情愉快。

一道寬廣而包容的地平線在他面前展開，幾種主要語言的輕聲細語交織在一起，舉世通行的晚禮服宛如一種文明的制服，從外表上把不同的人種統一成高尚的團體。看得見美國人拉長的呆板臉孔、成員眾多的俄國家庭、英國仕女、德國小孩和他們的法國保姆兼教師。斯拉夫人似乎佔了多數，旁邊有人說著波蘭語。

那是幾個尚未成年的少年男女，在一名女教師或陪同者的監督下，圍坐在一張小圓桌旁：三個少女，大約十五歲到十七歲，還有一個約莫十四歲的長髮少年。阿申巴赫驚訝地發現那個少年美得出奇。他的一張臉內向而優雅，面色蒼白，被蜂蜜色的鬈髮所圍繞，鼻子挺直，嘴型可愛，認真的表情甜美有如神祇，讓人想起希臘最高尚時期的雕塑，具有形式最純粹的完美，散發出一種無與倫比的個人魅力。阿申巴赫認為他不曾見過類似的傑作，不管是在大自然中，還是在造型藝術中。另一個引人注目之處則在於打扮和養育這幾個姊弟的教育原則似乎截然不同。三個女孩的打扮嚴肅而保守，幾乎遮蓋了她們原本的形貌，年紀最長的女孩幾近成年，一套修女般的整齊服裝，藍灰色、半長、平凡，故意剪裁得不合身，唯一亮眼之處是白色的翻領，這衣服顯不出任何動人的體態。緊緊貼在頭上的直髮讓她們的臉像修女般空洞而毫無表情。毫無疑問，這件事是母親作的主，而她一點也沒想過要把這種加諸於女孩身上的嚴格教養應用在那個男孩身上。他整個人顯然是由柔軟和溫柔來支配。別人不敢在他美麗的頭髮上動剪刀，一如「拔刺的男孩」那座雕像[12]，他的鬈髮覆在額頭上、耳朵上，在後頸垂得更低。那套英國式的水手服，蓬起的衣袖往下收窄，剛好圈住雙手的纖細關節，那雙手還很孩子氣，但很修長。衣服上的細繩、蝴蝶結和刺繡讓這柔弱的身形流露出一種富裕和受寵的氣質。他坐著，以半個側面對著阿申巴赫，一隻腳放在另一隻腳前面，腳上穿著黑色漆皮皮鞋，一個手肘撐在藤椅的扶手上，臉頰貼著握拳的手，呈現出慵懶而高雅的姿態，完全沒有他那幾個姊姊似乎習慣了的那種卑屈拘謹。他身體不好嗎？因為他的臉色白如象牙，在深金色的鬈髮之下格外明顯。還是他只不過是個嬌生慣養而又受寵的孩子，受到一味的偏愛？阿申巴赫傾向於相信後者。凡是藝術家幾乎都有一種與生俱來的傾向，認同美所造成的不公平，並且尊重貴族所受到的差別待遇。

一名服務生走來走去，用英語通報餐點已經準備好了。人群逐漸散去，穿過那扇玻璃門走進用餐大廳。遲來的人從前廳和電梯過來，也走了進去。餐廳裡已經開始上菜，但是那幾個年少的波蘭人仍然待在那張小圓桌旁，阿申巴赫坐在那張深深的沙發裡很舒服，再加上美的事物就在眼前，便跟他們一起等待。

那個家庭女教師有張紅臉，身材矮小而豐滿，她終於做了個手勢，要那些孩子站起來。當一個高個子的婦人走進大廳，她揚起眉毛，把椅子推回去，鞠了個躬。那婦人穿著灰白色的衣裳，戴了許多珍珠首飾，態度冷靜穩重，頭髮上微微撲了粉，髮型和衣裳的式樣都很簡單，在虔誠信仰被視為高尚生活一部分的地方，這種簡單就是主流品味。說她是個德國高官的夫人也說得過去。只有她的首飾讓她的外表流露出些許奢華，那首飾的價值難以估計，包括一對耳墜和一條繞了三圈的珍珠項鍊，項鍊很長，珍珠大如櫻桃，閃著柔和的光芒。

那幾個姊弟迅速站了起來，俯身去吻母親的手。母親臉上露出矜持的微笑，她的臉經過修飾，但略顯疲倦，鼻子有點尖。她的目光越過孩子頭上，用法語向女教師說了幾句話，隨即走向那扇玻璃門。四姊弟跟在她後面：幾個女孩按照長幼的次序，在她們後面是那名女教師，最後是那個少年。不知為了什麼，他在跨過門檻時回過頭來，由於大廳裡已經沒有別人，他那獨特有如晨光的灰色眼眸與阿申巴赫的雙眼相遇。阿申巴赫把報紙放在膝蓋上，凝神目送他們這一群。

他方才所見顯然並無引人注目之處。他們沒有在母親來到之前先上桌，他們等候她，恭敬地向她請安，在進入餐廳時遵守一般的禮節。只是這一切表現得如此明顯，如此強調禮儀、義務與自尊，讓阿申巴赫異常感動。他還拖延了一會兒，然後也走進餐廳，被帶到他的小桌旁。他發現自己的桌子距離那個波蘭家庭的桌子很遠，心中略感遺憾。

他雖然疲倦，心思卻很活躍，在悠長的用餐時間裡用抽象、乃至超越感官經驗的事物來自我娛樂，思索那神祕的結合，普遍的法則必須與個人特質相結合，才能產生人類的美。接著他又思索起形式與藝術這種一般性的問題，最後發現他的想法就如同夢中動人的低語，在醒來之後發現索然無味而且無用。飯後他待在散發出夜間香氣的公園裡，抽菸，或坐，或四處散步，然後早早回房休息，一夜好眠，但夢境多次讓他的睡眠有了生命。

次日的天氣一開始不太好。風從陸地吹向海洋，大海躺在灰暗的天空下，安靜得麻木，彷彿收縮了，隨著近在眼前的地平線，從海灘遠遠地後退，露出幾排長長的沙洲。當阿申巴赫打開窗戶，他彷彿聞到了潟湖的腐爛氣味。

壞心情向他襲來。就在這一刻，他已經想要啟程離去。多年之前，在此地度過幾週愉快的春日時光之後，這種天氣讓他生了病，嚴重損害了他的健康，乃至於他不得不離開威尼斯，像逃難一樣。當時那種燥熱無力、太陽穴的壓迫感、眼皮的沉重不是又出現了嗎？再次更換停留地點是很麻煩，可是如果風向不變，此地就不宜久留。為了保險起見，他沒有把行李全部打開。九點時他去吃早餐，在大廳和餐廳之間的那個早餐室。

早餐室裡一片安靜肅穆，這種安靜是大飯店所追求的目標。服務生悄悄來去，只聽見茶具碰撞的聲音和接近耳語的說話聲。阿申巴赫注意到那幾個波蘭女孩和她們的女教師，在餐室一角，斜對著門，和他隔了兩張桌子。她們坐得很直，灰金色的頭髮梳得平平整整，眼睛紅紅的，穿著漿過的藍色麻料衣裳，有白色小翻領和硬袖套，把一個裝著果醬的玻璃罐遞給彼此。她們幾乎快要用完早餐了，而那個男孩不在。

阿申巴赫微笑了。這個無憂族的小孩！他想。比起這幾個女孩，你似乎享有隨心所欲睡到飽的特權。他的心情頓時愉快起來，向自己朗誦了這句詩：

「每日勤換裝，熱水沐浴，常休憩[13]。」

他從容地吃著早餐。門房把帽子拿在手裡，走進大廳，拿給他幾封轉寄來的信件。他一邊抽著雪茄，一邊把信拆開，因此還看見了那個睡懶覺的男孩進來，那個被等候的男孩。

男孩從玻璃門走進來，在一片安靜中斜穿過早餐室，走到姊姊那一桌。他走路的樣子異常優雅，不管是上半身的姿態、膝蓋的動作、還是穿著白鞋的腳踩下的動作，步伐很輕，既溫柔又自豪，由於那種孩子氣的害羞而顯得更美。由於羞怯，途中他兩度把頭轉向大廳，把眼簾張開又再垂下。他面帶微笑，用柔軟而含糊的聲音輕輕說了句話，在他的位子上坐下來。此刻他完全以側面對著這個凝望之人，阿申巴赫再次驚訝於這個孩子有如神祇的美貌，幾乎感到震驚。那男孩今天穿著一件薄薄的襯衫，料子是藍白條紋的棉布，胸前有紅色絲綢的蝴蝶結，脖子被一個簡單的白色立領圍住。這個領子其實跟這件襯衫的風格不怎麼相稱，但那花朵般的頭部就棲息在這個領子上，帶著無比的魅力——愛神的頭部，有帕羅斯島上所產的大理石那種淡黃的柔潤[14]，眉毛俊秀而嚴肅，太陽穴和耳朵被一綹綹的鬈髮輕輕覆蓋。

阿申巴赫在心裡喝采，帶著專家的冷靜讚賞，面對一件傑作，有時候藝術家會以這種冷靜讚賞來表達他們的心醉和狂喜。接著他想：好吧，就算沒有大海和沙灘在等我，你留在這裡多久，我就留在這裡！於是他起身離開，在飯店人員的殷勤招呼下走過大廳，走下那大片露台，向前直走，走過那條木板鋪的小路，到隔開來專供飯店客人使用的海灘上。他讓那個打赤腳的老人把出租的浴場小屋分派給他，老人身穿麻布長褲、水手服上衣，頭戴草帽，表明自己是浴場管理員。阿申巴赫讓人把桌椅搬出去放在沾滿沙子的木板平台上，把躺椅朝著海邊拖出去，拖到蠟黃色的沙灘上，自己舒舒服服地坐下。

沙灘上的風光就跟從前一樣讓他心情愉快，這幅在海邊無憂無慮恣意享受的景象。戲水的小孩、游泳的人、以手臂為枕躺在沙洲上的各色人物讓平坦的灰色海面有了生氣。有人划著沒有龍骨的小船，船身漆成紅色和藍色，翻船時哈哈大笑。在那長長一排浴場小屋前面，眾人坐在平台上，宛如坐在小陽台上。有人嬉戲，有人懶洋洋地靜靜躺著，有人互相拜訪聊天，有人身著精心打扮的晨間裝束，有人盡情享受海灘上無拘無束的赤裸。前面濕而硬的沙地上有人在閒步，穿著白色浴袍或色彩鮮豔的寬大罩衫。右邊有一座小孩子堆成的沙堡，邊上插著五顏六色的小國旗。賣貝殼、蛋糕和水果的小販跪著把貨品攤開來。左邊有一座浴場小屋跟其他的小屋成垂直，立在面海處，形成這一側海灘的尾端。一個俄國家庭在這座小屋前面安頓下來：幾個留鬍子、牙齒很大的男人，幾個慵懶無力的婦人，一個來自波羅的海的姑娘坐在一個畫架旁邊，畫著大海，一邊發出氣餒的叫聲，兩個長相難看但脾氣很好的小孩，一個戴著頭巾的老女僕一副溫柔屈從的奴隸舉止。他們心懷感謝享受海灘上的時光，孩子不聽話地嬉鬧，大人一再高喊孩子的名字，用僅會的幾句義大利文跟那個賣糖果的風趣老人說說笑笑，互相親吻臉頰，毫不在乎海灘上其他人的目光。

所以我要留下來，阿申巴赫心想。還有哪個地方會更好呢？他把雙手交叉在懷裡，讓目光迷失在遼闊的海上，目光滑開，模糊起來，在這個有如沙漠的空間單調的霧氣中四散。他愛大海有深刻的理由：出於辛苦工作的藝術家對寧靜的渴望，面對令人眼花撩亂的各種現象，渴望在單純而巨大的大海胸前得到庇護；出於對無秩序、無節制、永恆與虛無的愛好，此一愛好跟他的使命正好相反，是不被許可的，而正因為不被許可，一切充滿誘惑。追求卓越之人渴望在完美處歇息，而虛無不就是完美的一種形式？當他正如此神遊太虛，突然一個身形出現在海岸的水平線上。他把目光從無垠的大海收回來，加以集中，看見是那個美少年從左邊過來，從他面前的沙地走過。他打著赤腳，準備好去戲水，修長的腿到膝蓋上方都裸著。他走得很慢，但如此輕盈而又自豪，彷彿很習慣不穿鞋子走動。他回頭望向那些橫排的小屋，可是一發現那個和睦嬉戲的俄國家庭，他的臉就蒙上了一層陰影，露出憤怒的輕蔑。他的額頭陰沉下來，嘴巴噘起，嘴唇慍怒地撇向一側，撕扯著臉頰，他緊緊皺著眉頭，乃至於眼睛彷彿被壓得陷了下去，惡狠狠地暗中訴說著仇恨。他看向地面，又再度狠狠向後望，然後用肩膀做了一個強烈蔑視的動作，轉過身，把敵人留在身後。

出於諒解或是震驚，半是尊敬，半是羞愧，使得阿申巴赫別過頭去，假裝他什麼也沒看見；因為這位嚴肅的旁觀者湊巧目睹這股強烈的情緒，就連在自己面前也不想利用方才所見。但是他心情愉快又激動，這意味著：幸福。這種孩子氣的憎惡，針對最沒有惡意的生活，這種憎惡讓那神祇般的淡漠與人類發生關連，使得一件珍貴的天然雕塑值得更深刻的關切，這件雕塑原本只讓人覺得賞心悅目。這個原本就由於美而具有意義的少年身形因此有了襯托的背景，允許別人更認真地看待他，超越他的年紀。

頭還別向一側的阿申巴赫豎耳傾聽那個男孩的聲音，他從老遠就想向那群在忙著堆沙堡的玩伴打招呼，宣告自己的來臨。別人也回答他，數度回喊他的名字，或是他名字的暱稱。阿申巴赫好奇地豎起耳朵，卻沒有聽出確切的名字，只聽出兩個有旋律的音節，像是「亞久」（Adgio），更常聽見的是「亞秋」（Adgiu），把尾音拉長。他喜歡這兩個音，覺得它悅耳的聲音很適合它所稱呼的對象，暗自複誦，心滿意足地把注意力轉移到他的書信上。

把旅行用的小書信夾放在膝蓋上，他開始用鋼筆完成幾封信。可是才過了十五分鐘，他就覺得把心思從他所知最大的享受移開，而去做這些無關痛癢的工作，實在太過可惜。他把紙筆扔到一旁，再回到海邊，沒多久，那群堆沙孩子的聲音就轉移了他的注意。他把頭舒服地靠在椅背上，轉向右邊，好再弄清楚那個出眾的「亞久」人在哪裡，在做些什麼。

他一眼就找到了他，他胸前的紅色蝴蝶結讓人不會錯過。他跟其他孩子在一起忙著把一塊舊木板架在沙堡潮濕的壕溝上，當作橋梁，他喊著，用頭部示意，下達他對這件工作的指示。大約有十個同伴跟他在一起，男孩跟女孩都有，年紀跟他相當，有些比他小，他們用波蘭語、法語、還有巴爾幹半島的幾種方言嘰嘰喳喳地說成一團。但是他的名字最常響起，顯然大家都仰慕他，追求他，佩服他。其中一個尤其像是他最親近的朋友和跟班，那是個壯碩的小伙子，跟他一樣是波蘭人，被喊的名字聽起來像是「亞書」，一頭黑髮抹了髮油，身穿繫腰帶的麻質衣衫。當在沙堡旁這一回合的工作結束了，他們彼此相摟，沿著沙灘走，那個被喚做「亞書」的男孩親了那個美少年一下。

阿申巴赫很想伸出手指來警告他，微笑地想：「克利托布勒斯，我勸你去旅行一年！因為你至少需要這麼長的時間才能復原[15]。」接著他吃起熟透的大顆草莓，是他從一個小販那兒買來的。天氣變得很暖和，雖然陽光並未能穿透天空的雲層。懶散束縛了心智，感官則享受著寧靜海洋神祕而具有麻醉作用的調劑。對這個嚴肅的人來說，猜想哪一個名字的發音大概會是「亞久」是件再合適不過的任務，令人心滿意足。藉著他對波蘭的回憶，他確定那個名字應該是「達秋」（Tadzio），是「達都伊旭」的簡稱。

達秋在游泳。先前他從視線裡消失，此刻阿申巴赫在遠遠的海裡發現了他的頭部和抬起來划水的手臂，大海看來直到很遠的地方都風平浪靜。然而似乎已經有人開始為他擔心，婦人喊他的聲音已經從那些小屋裡傳出，又一次喊出這個名字，那柔軟的子音和拖長的尾音，帶點甜蜜又帶點野氣，幾乎像句口號在沙灘上迴盪：「達秋——達秋——」他回來了，用腿把擋路的水踢出泡沫，把頭向後甩，穿過海水走回來；看著這個活生生的人物，帶著少年的柔美與青澀，鬈髮在滴水，美得有如嬌柔的神祇，從海天深處走出來，自水中升起，自水中掙脫：這一幕勾起神話般的想像，宛如太古時期的詩歌，歌詠形式的起源和眾神的誕生。阿申巴赫閉上眼睛，聆聽在他心中響起的這首詩歌，又一次心想，這裡很好，他想留下來。

之後達秋躺在沙灘上，在游泳之後歇息，裹著白色浴巾，從右肩下拉過去，頭枕在赤裸的手臂上。就算阿申巴赫並沒有在端詳他，而是在書裡讀上幾頁，他幾乎從未忘記那少年躺在那裡，他只消微微把頭轉向右邊，就能看見那副賞心美景。他幾乎覺得自己坐在這裡是為了保護那個休憩中的少年——一邊做著自己的事，一邊卻時時提高警覺，關注右邊那個高貴的人子。他心中充滿父親的慈愛，讓他心情激動，這是擁有美之人讓奉獻自我、在心智中創造出美之人所產生的感動。

中午過後他離開海灘，回到飯店，搭電梯上樓回他的房間。在房間裡他在鏡子前面佇立良久，打量自己灰白的頭髮、疲倦而剛硬的臉。在這一刻他想起自己的名氣，想起在路上有許多人認出他並且尊敬地注視他，由於他精闢而又優美的文字。就他記憶所及，想起他的才華所獲致的一切世俗成就，甚至想起他受封為貴族一事。然後他下樓去餐廳吃午飯，在他的小桌旁用餐。等他在餐後走進電梯，一群年輕人跟著擠進這個懸在半空中的小空間，他們也剛吃過飯，而達秋也在其中。他站得離阿申巴赫很近，頭一次這麼近，讓阿申巴赫不是從欣賞一幅畫的距離看見他，而是清清楚楚地看見他，包含他身為凡人的各個細節。有人在跟那男孩說話，他一邊帶著難以形容的可愛笑容回答，一邊又已經在二樓倒退著出了電梯，垂下了眼簾。美令人害羞，阿申巴赫心想，急於思索道理何在。不過，他發現達秋的牙齒長得不算好：有點尖，有點蒼白，缺少健康的光澤，帶種特別的透明，看來易碎，像是有時會出現在貧血症患者身上的情形。他身子很弱，容易生病，阿申巴赫心想，很可能活不到老。一種滿足或者說是安心的感覺隨著此一念頭油然而生，阿申巴赫沒有向自己解釋他何以會有這種感覺。

他在房間裡待了兩個鐘頭，在下午搭乘水上巴士穿過有腐敗氣味的潟湖到威尼斯去。他在聖馬可站下船，在廣場上喝了茶，接著按照他在此地的例行活動，開始在街道上散步。然而，就是這趟步行讓他的心情和決定有了一百八十度的轉變。

巷弄中一股難耐的悶熱，空氣厚重，從住宅、商店和小館子逸出來的氣味、油煙、香水味，和種種其他氣味都聚集成團，無法散開，香菸的煙也留在原處，久久不散。狹窄的街道上人群擁擠，對這個散步者來說是種打擾而非消遣。他走得越久，海上空氣與西洛可風聯手造成的這種悶熱，就越發折磨著他，讓他既興奮，又無力。他汗水淋漓，眼前一片模糊，胸口鬱悶，全身發熱，血液在腦中跳動。他逃離擁擠的商店街，走過幾座橋，來到窮人來往之處。乞丐來糾纏他，運河裡蒸騰的臭氣讓人難以呼吸。在一個安靜的廣場，屬於威尼斯市區那種彷彿被施了魔法的無人之處，他在一座水井邊上歇息，擦乾額頭，明白他必須離開。

這是第二次了，如今徹底證明這座城市在這種天候下對他大大不利。一味堅持留下來顯得違反理性，風是否會轉向很不確定。他得迅速拿定主意。現在就回家不在考慮之列，夏季寓所跟冬季寓所都沒有準備好讓他進住。不過，又不是只有這裡才有沙灘和海洋，再說別的地方沒有討厭的潟湖及其蒸騰的氣味。他想起在第里雅斯特附近有座小型海水浴場，曾有人向他稱讚過。何不到那裡去？而且要走就要快，這樣才值得再次更換停留地點。他告訴自己就這麼決定了，站起來，在下一個貢多拉停靠站叫了艘小船，前往聖馬可，穿過運河陰鬱的迷宮，從優美的大理石陽台下方經過，陽台兩側有石獅護衛，繞過濕滑的牆角，經過沒落的府邸，在垃圾載浮載沉的水中映出大大的公司招牌。他好不容易才抵達聖馬可，因為船伕跟鉤花織品工廠和吹製玻璃器皿的工坊串通好了，走到哪裡都想要他下船去參觀購買。即便這趟穿越威尼斯的古怪航程開始散發出其魅力，這位沒落的女王貪婪的生意經，也讓人不得不再度清醒過來[16]。

回到飯店，在用晚餐之前，他就向櫃臺提出說明，說事先未能預見的情況使他必須在明天一早動身離開。對方表示遺憾，結算了他的帳單。飯後他坐在飯店後面露台的一張搖椅上，讀著期刊，度過了微熱的夜晚。在睡前他把行李收拾妥當，做好啟程的準備。

他睡得不算好，因為又要再度出發令他不安。當他在次日清晨打開窗戶，天空陰沉依舊，但是空氣似乎清新了一些，而他也已經開始後悔了。取消住房是否太倉促了？是否是個錯誤？是否只是在一時的不適之下貿然採取的行動？假如他不要那麼急，假如他沒有那麼快氣餒，而耐心等候自己適應威尼斯的空氣，或是等待天氣好轉，那麼此刻他就可以在海灘上度過上午，跟昨天一樣，而無須踏上奔波的旅途。來不及了。現在他非走不可，必須去做自己昨天想做的事。他穿好衣服，八點時搭電梯下到一樓去吃早餐。

當他走進早餐室，裡面還空盪盪的。他坐在那兒等待餐點送來時，有幾個客人零零星星地進來。把茶杯拿在嘴邊，他看見那幾個波蘭女孩跟她們的女教師一起來到；她們走到位在窗戶角落的桌旁，態度嚴肅，做過晨間梳洗，眼睛紅紅的。接著門房把帽子拿在手裡，朝他走近，提醒他該出發了，說汽車已經準備好送他和其他旅客到怡東酒店去，再從那裡搭汽艇，經由飯店專用的運河前往火車站，說時間很緊迫。阿申巴赫覺得時間一點也不緊迫，距離火車開車的時間還有一個多小時。他討厭旅館業這種早早把退房的客人送走的習慣，向門房表示他想好好吃早餐，不想被打擾。那人猶豫地退回去，五分鐘之後又再度出現，說車子實在沒辦法再等了。阿申巴赫不悅地回答：那就讓車子開走吧，把他的皮箱一起帶走，他自己會在適當的時候去搭公共汽船，這件事就讓他自己來操心。那名飯店員工鞠躬告退。阿申巴赫很高興自己擺脫了煩人的提醒，不慌不忙地吃完早點，甚至還請服務生拿份報紙給他。等他終於起身，時間真的有點緊了。碰巧，達秋就在這一刻從玻璃門走進來。

他走向家人那一桌，正好跟起身出發的阿申巴赫相遇，在這個灰髮高額的男子面前謙遜地垂下眼簾，隨即又以那種迷人的方式再把目光輕柔地向他抬起來，然後就走過去了。別了，達秋！阿申巴赫心想，我見到你的時間很短。當他違反自己的習慣而把心中的話真的說了出來，他又加了一句：「祝福你！」——接著他準備啟程，給了小費，接受那個輕聲細語、身穿法式小禮服的矮小經理來跟他道別，步行離開了飯店。飯店僕役提著他的手提行李跟在後面，他打算穿過白花盛開的林蔭道，橫越這座小島，到汽船碼頭去，就跟他來時一樣。他抵達了碼頭，找了位子坐下，接下來是一趟痛苦的航程，充滿憂傷，穿過懊悔的深淵。

那是他熟悉的航程，穿過潟湖，從聖馬可旁邊經過，順著大運河往上走。阿申巴赫坐在船頭的圓形長椅上，手臂倚著欄杆，用手遮著眼睛。那些公園留在身後，那座小廣場還以王侯般的優雅再度出現，隨即被拋在後面，迎面而來的是那一整排豪華府邸，等到這條水道轉彎，里奧托橋這座宏偉的大理石拱橋就在眼前。這旅人望出去，胸膛似撕裂了一般。這座城市的氣氛，來自海洋與沼澤的這種微帶腐敗的氣味，先前他迫不及待想要逃離的這股氣味，此刻他帶著些許痛苦一口口深深吸進。難道是他先前不知道自己多麼眷戀這一切嗎？難道是他沒考慮到嗎？今天早晨他還只半心感到惋惜，對自己的行動微微感到懷疑，此刻這種心情成了悲傷，成了真正的痛苦，成了心靈的困境，如此酸澀，讓他數度泫然欲泣，他告訴自己這種心靈的困境實在非他所能預見。讓他如此難以承受，甚至完全無法忍受的，顯然是他將永遠不會再見到威尼斯的這個念頭，這將是永遠的訣別。因為既然這是第二次顯示出這座城市令他生病，是他第二次被迫倉皇離開，從此他只能把這座城市視為他無法停留的禁地，他應付不了，再度來訪毫無意義。是的，他覺得如果自己現在離去，羞愧和倔強勢必會阻止他再見到這座心愛的城市。在這座城市面前，他的身體兩度失敗，心雖嚮往卻力有未逮，對於這個將老之人，這種身體與心靈之間的爭執突然顯得如此沉重，身體的失敗顯得如此可恥，必須不計任何代價加以阻止，乃至於他無法理解自己昨天竟率爾屈服，沒有認真對抗，就決定承認並接受此一失敗。

此時汽船駛近火車站，痛苦和無助升高為迷惘。這個受折磨之人覺得他無法離開，但回頭也一樣不可能。他懷著錯綜複雜的心情走進車站。時間很遲了，如果他想趕上那班車，就一刻也不能耽擱。他想趕上，又不想趕上，可是時間緊迫，逼著他往前走。他趕去買票，在大廳熙來攘往的人群中四下尋找飯店派駐在此的人員。那人出現了，通報那個大皮箱已經交付託運。已經託運了？對，全辦妥了——運到科摩[17]。運到科摩？在急促的交談、生氣的提問和尷尬的回答中，真相大白了，那個皮箱在怡東酒店的行李運送處就已經和其他客人的行李一起送出，送往完全錯誤的方向。

在這種情況下，只有一種表情合乎情理，而要維持這副表情對阿申巴赫來說很吃力。一種冒險的喜悅、一種難以置信的歡欣撼動他的胸膛，幾乎接近痙攣。那名職員衝出去，看是否還來得及把皮箱攔下，結果一如預期地無功而返。於是阿申巴赫表示，沒有行李他不打算啟程，決定回頭，在浴場大飯店等待行李被送回來。他問飯店的汽艇是否還停在火車站，那人保證汽艇就停在門口，說了一長串義大利文，要求售票員把那張已經買了的票收回，信誓旦旦，將會拍電報，不計人力物力，竭盡所能，盡快取回那個皮箱。奇妙的事就這樣發生了，這個旅人在抵達火車站二十分鐘之後，又置身於那條大運河上，踏上返回麗都島的路途。

這趟冒險奇妙得難以置信，令人羞慚，滑稽如夢：命運讓他掉頭，又返回原處，在一個小時之內再度看見剛才在深深哀傷中訣別了的地方！這艘小小的快艇朝目的地疾駛，船艏的白浪靈活地在一艘艘貢多拉和汽船之間穿梭，他是船上唯一的乘客，擺出一副生氣認命的表情，而在這副面具之下藏著一個逃跑的小孩既害怕又自豪的興奮。他的胸膛不時還會因為大笑而振動，為了這樁陰錯陽差而笑，他對自己說，就算是一個幸運兒也不會碰上比這更好的事。當然，他得要做些解釋，得要面對別人吃驚的表情——他告訴自己，然後就沒事了，一樁不幸得以被避免，一個嚴重的錯誤得以被糾正，他原以為拋在背後的一切又重新出現在他面前，再度屬於他，要多久有多久……還有，是疾駛的船帶來的錯覺，還是風此刻果真是從海上吹過來，令人喜上加喜？

波浪拍打著運河的水泥壁，這條窄窄的運河穿過那座小島通往怡東酒店。一輛巴士在那裡等待這個再度歸來之人，在曲折的海岸上方走直路送他回浴場大飯店。那個身穿小禮服、留著鬍子的矮小經理，從露天台階上走下來招呼他。

他輕聲賠不是，對這樁意外表示遺憾，說這件事讓他和飯店都很歉咎，不過他完全贊成阿申巴赫決定在這裡等候那件行李，說他的房間雖然已經給了別人，但另外一間馬上就能進住，不比原來那間差。「運氣不好，先生」，那個瑞士籍的電梯操作員笑著用法文說，把他帶上了樓。這個一度逃走之人又被安頓在一個房間裡，格局和裝潢都跟先前那間幾乎一模一樣。

他累了，由於這個離奇上午的混亂而精神恍惚，把手提袋裡的東西分別放在房間裡，然後在敞開的窗戶旁邊一張扶手椅上坐下。大海呈現一種淡綠的顏色，空氣顯得比較清新，雖然天空還是灰濛濛的，但海灘連同那些小屋和小船顯得更加五彩繽紛。阿申巴赫向外望，雙手交叉在懷中，對於再度置身於此感到滿足，為了自己的反覆不定、為了他先前不了解自己的心願而搖頭。他就這樣坐了大概一個小時，一邊休息，一邊心不在焉地做著白日夢。中午時分他看見了達秋，身穿條紋麻質衣裳，繫著紅色蝴蝶結，從海邊走過來，穿過隔開海灘的柵欄，沿著木板路走回飯店。阿申巴赫居高臨下，在根本尚未將他納入視線之前，就立刻認出了他，他正動念要想：看哪，達秋，這會兒你也又出現了！然而就在同一瞬間，他感覺到這聲不經意的招呼在他心中的真相之前瓦解、噤聲，感覺到自己血液沸騰，感覺到那份喜悅和靈魂的痛苦，意識到離別之所以如此艱難是因為達秋的緣故。

他靜靜坐著，看進自己的內心，在他所處的高處，沒有人看得見他。他的面容清醒過來，眉毛揚起，嘴巴咧出一抹專注、詼諧而好奇的微笑。接著他抬起頭，用那雙癱在扶手上的手臂做出一個緩緩轉動和上升的動作，手心向前，彷彿暗示著手臂的開展。那是個表示歡迎的手勢，也是個冷靜接納的手勢。

10 第里雅斯特（Trieste）為義大利東北部城市，臨著亞得里亞海東北角的第里雅斯特灣。普拉（Pola）也是臨亞得里亞海的港市，位於現在的克羅埃西亞。

11 西洛可風（the sirocco）係吹過地中海和歐洲南部的濕熱風，從南方或東南方吹來，並帶來雨和霧。

12 「拔刺的男孩」（Boy with Thorn）是古典時期雕刻作品中常見的題材，表現為一個坐著的男孩正專心拔出左腳腳跟上的刺，現存最有名的一尊收藏於羅馬的保守宮。

13 此句出自荷馬史詩《奧德賽》，菲埃克斯人（Phaeacian）的國王告訴奧德賽，他的國人過著無憂無慮的生活，喜歡更換裝扮、洗熱水澡和休息。

14 帕羅斯（Paros）係希臘愛琴海上島嶼，島上盛產白色半透明大理石，可用於雕刻，在古希臘時期就廣被使用。

15 克利托布勒斯（Kritobulos）係蘇格拉底的學生克利東之子，在文獻中被描寫為一個大膽的年輕人，曾親吻美少年阿爾西比亞德斯。

16 威尼斯又名「亞得里亞海的女王」。

17 科摩（Como）位於義大利北部，臨著科摩湖。

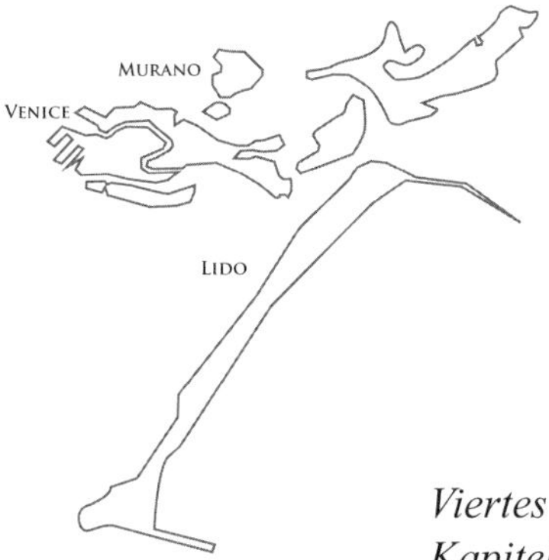

Viertes Kapitel

第四章

如今，日復一日，雙頰炙熱的太陽神裸身駕著那輛散發灼熱氣息的四駕馬車穿過天際，他的黃色鬈髮在怒號的東風裡飄揚。慵懶翻騰的海神身披白如絲綢的光芒。沙灘灼熱，在銀光閃閃的藍色蒼穹下，海灘上的小屋前面搭起了鐵鏽色的帆布，提供了一小塊遮蔭，在陽光下界線分明，眾人就在這塊遮蔭下度過上午時光。夜晚也同樣美好，公園裡的植物吐出馥郁香氣，天上的星辰依序移動，大海的囈語輕輕傳上來，和靈魂交談。這樣的夜晚含著愉快的保證，保證第二天又是個陽光燦爛的日子，由略有規律的悠閒所構成，加上發生迷人巧合的無數可能。

那個被一件正中下懷的差錯留在此處的客人，根本沒打算把得回行李視為重新啟程的理由。有兩天的時間，他必須忍受缺少一些東西的不便，在用餐時間只能穿著旅行裝束在餐廳裡現身。等到他那迷途的皮箱終於又在他房間裡被放下，他把東西全拿出來，放進衣櫥和抽屜，決心暫時無限期地留下來，心喜於能夠身穿絲質西裝度過在海灘上的時光，並且在晚餐時再度穿上得體的晚禮服出現在他的小桌旁。

此種生活的愜意規律已經完全吸引了他，這種生活方式的輕鬆寫意迅速將他迷住。的確，這個停留地點再好不過，既有南方海灘上高級浴場的魅力，而那座奇妙的城市就近在咫尺，隨時可及！阿申巴赫生性不愛享受。不論何時何地，只要是該休息、該休養、該舒舒服服地過幾天，他很快就會懷著不安和厭惡想回復辛勤勞苦，回到他每日生活平淡而神聖的工作中，在比較年輕時更是如此。只有這個地方令他著迷，鬆弛了他的意志，讓他感到幸福。偶爾在上午，在浴場小屋的遮陽帆布下，他望著南方蔚藍的海水做著白日夢；有時在溫暖的夜裡，他靠在小船的坐墊上，在星光點點的蒼穹下，讓小船把他從逗留多時的聖馬可廣場送回麗都島，把五彩的燈光和圓潤悅耳的夜曲留在背後。他憶起他在山上的鄉間住所，他夏天裡埋首工作的地方，在那裡，雲朵從院子裡深深掠過，嚇人的雷雨在夜裡熄滅了屋裡的燈光，他餵養的烏鴉在雲杉的樹梢搖擺。此時他就覺得自己宛如遁入了仙境，在地球的邊緣，這裡的人被賜予最愜意的生活，不會下雪，沒有冬天，也沒有暴風和滂沱大雨，海洋上總有一絲輕柔涼意升起，在幸福的悠閒中任由時光流逝，輕輕鬆鬆，無須奮鬥，只獻給太陽及其慶典。

阿申巴赫常常看見少年達秋，幾乎是不斷看見。這是個有限的空間，再加上每個人的生活作息相似，使得這個美少年白天常在他附近，只偶爾不在。他走到哪裡都看見他，遇到他：在飯店一樓的公共空間，在乘風搭船往返市區的途中，在富麗堂皇的廣場上，倘若巧合也來助一臂之力，往往還會在路上和碼頭上和他相遇。不過，最主要還是在海灘上的上午提供了他機會，以較長的時間和最幸運的規律來凝神端詳這個秀美的人物。是的，這種幸福的羈絆，這種日復一日重新來臨的情況是種恩寵，讓他心滿意足，充滿了生之喜悅，讓他珍惜在此地的停留，讓一個陽光燦爛的日子宜人地延伸，連接另一個陽光燦爛的日子。

他起得很早，就跟以前工作欲望強烈時一樣，比大多數人都更早到海灘上，那時陽光還溫和，大海閃著白光，躺在早晨的夢境中。他友善地跟看守柵欄的守衛打招呼，也親切地跟那個打赤腳的白鬍老人打招呼。老人替他把地方準備好，拉開棕色的遮陽布，把桌椅從小屋裡搬到平台上，然後他就坐下來。接著大概有三、四個小時，太陽逐漸升至高空，變得熾熱，大海的藍色越來越深，而他得以看見達秋。

他看見他過來，從左邊，從大海的邊緣過來；看見他從那些小屋之間走出來的背影；有時也不乏一絲驚喜地驀然發現自己錯過了他來到的那一刻，而他已經在那兒了，已經穿著那件藍白相間的泳裝——如今這是他在海灘上的唯一裝束，重新展開他在陽光下和沙灘上的例行活動。這種甜蜜而微不足道、閒散而跳動的生活，是遊戲也是休息，散步，戲水，挖土，追逐，躺下休息和游泳，受到平台上婦人的關切，她們喊他，用提高的嗓音喊他的名字：「達秋！達秋！」而他比著興高采烈的手勢向她們跑過來，告訴她們他經歷了什麼，把他發現、抓到的東西拿給她們看：貝殼、海馬、水母和橫著走的螃蟹。他說的話阿申巴赫一個字也聽不懂，就算那些話再平凡不過，在他耳中那是模糊的天籟。因為聽不懂，那男孩的話語昇華為音樂，驕傲的太陽把大片光亮灑在他身上，而莊嚴遼闊的大海始終是襯托他的背景。

很快地，這個觀察者就熟悉了這具身體的每一個線條和姿勢，如此高雅，如此自由。他樂於重新見到每一處已經熟知之美，有無盡的讚嘆和喜悅。有人喊那個男孩，要他跟一位客人打招呼，那客人到浴場小屋來拜訪那些婦人。他跑過來，身上濕濕的，也許剛從水裡出來，把鬈髮往後甩。當他伸出手，重心放在一條腿上，另一隻腳用趾尖站立，身體呈現迷人的扭轉，優雅而充滿張力。他親切而害羞，由於身為貴族的義務而一心想討人喜歡。他伸展四肢躺著，浴巾纏在胸前，線條柔和的手臂撐在沙灘上，用手托著下巴。那個被喚做「亞書」的男孩蜷身坐在他旁邊奉承他，而那個出眾的男孩眼角和唇邊帶著笑意，望向那個不如他的男孩，那個服侍他的男孩。再沒有什麼比這一幕更迷人了。他站在大海邊緣，獨自一人，距離他家人有點遠，而跟阿申巴赫很靠近，他站得很挺，雙手交叉在頸後，用腳跟慢慢搖晃，望著那片蔚藍出神，小小的波浪滾上岸來，把他的腳趾浸在水裡。他蜂蜜色的頭髮一綹綹地貼在太陽穴和後頸上，陽光照亮了他脊背上的汗毛，被緊緊包裹的軀幹突顯出細緻的肋骨和胸膛的勻稱，他的腋下還有如雕像般光滑，膝窩閃閃發亮，泛青的血管讓他的身體宛如由半透明的材質構成。在這具伸展開來、青春完美的軀體上表現出何種紀律、何種精準的思想！然而，是嚴格而純粹的意志在暗中活動，才得以揭露這有如神祇的雕塑，這種意志不也是身為藝術家的阿申巴赫所知道、所熟悉的嗎？這種意志不也在他心中起作用，當他懷著冷靜的熱情，從語言的大理石塊中，把他在心靈中所見之美解放出來，當作心靈之美的鏡子和雕像向世人呈現？

鏡子和雕像！他用目光圍住那個高貴的人形，在那一片蔚藍的邊緣，在愛慕的迷醉之中，他認為這一眼讓他懂得了美本身，形式乃是神的思緒，一種純粹的完美，活在心靈之中，此一完美映現在這個美少年身上，令人崇拜。這就是那種迷醉，而這個將老的藝術家歡迎這種迷醉，毫無疑慮，甚至是充滿貪婪。他的心靈在陣痛，他的學問在翻騰，他的記憶掀起了古老的念頭，從他年輕時流傳下來、至今從不曾活躍過的念頭。書上不是寫著，太陽把我們的注意力從知性的事物上轉移到感性的事物上？書上說太陽讓理智和記憶如此陶醉，乃至於靈魂在愉悅中渾然忘卻自己原本的狀態，而讚嘆地迷戀著陽光照耀下最美之物：是的，唯有藉助一具身體，靈魂才能作層次更高的觀察。愛情的確可與數學家相提並論，把純粹的形式以易懂的圖像展示給能力不足的小孩子看：神也喜歡利用人類青春的形體和色澤，來讓我們看見屬於精神的東西，祂把青春當做記憶的工具，用美的所有光彩加以裝飾，看見此一青春，我們便在痛苦和希望中激動起來。

這個狂熱之人這麼想，這麼感受。而陽光和海濤為他編織了一幅迷人的景象。那是一株蒼老的梧桐樹，距離雅典的城牆不遠，是那種神聖有蔭的地方，瀰漫著貞節樹的花香，有聖畫和虔敬的獻禮做為裝飾，獻給山林女神和河神。清澈的小溪流過枝葉繁茂的樹下，流過平滑的卵石，蟋蟀唧唧鳴唱。兩個人躺在草地上，在此躲避白日的炙熱，草地緩緩傾斜，讓人躺下時頭部能夠抬高：那兩人一老一少，一醜一美，智慧的長者傍著可愛的少年。蘇格拉底言語殷勤，談笑風生，教導斐德羅關於欲望和美德[18]，說起有感覺的人在看見永恆之美時所受到的猛烈驚嚇，說起不潔與邪惡之人的欲望，他們看見美的映象時無法想到美，而且做不到敬畏；說起高貴之人心中湧起的神聖恐懼，當一個神祇般的面容、一具完美的軀體出現在他眼前——接著他站了起來，不能自己，幾乎不敢望向那少年。他崇敬那個具有美的少年，若非擔心世人會覺得他傻氣，他會向那少年獻祭，如同向一個雕像立柱獻祭。因為，斐德羅，只有美既值得愛慕又肉眼可見：記住了！美是我們唯一能以感官接收、以感官承受的精神形式。假使神性、理性、美德和真相企圖以感官能接收的方式出現在我們面前，我們會變成什麼樣子？難道我們不會由於愛而消亡、燃燒，一如塞墨勒在宙斯面前消亡[19]？因此，美是有感覺之人通往精神的道路——只是道路，只是一種手段，小斐德羅……然後那個狡黠的獻殷勤者說出了最優美的話：他說，愛人者要比被愛者更具有神性，因為神在愛人者心中，而不在被愛者心中——這個想法可能是古往今來所有想法中最溫柔也最嘲諷的想法，愛戀最祕密的喜悅和所有的狡黠都源於此。

作家的幸福是感受與思想能夠完全合而為一。如此跳躍的思想，如此準確的感受，當年屬於並服從這個孤獨之人：亦即，當心靈在美之前低頭，大自然由於極樂而戰慄。他突然想要寫作。雖然傳說中愛神喜歡無所事事，乃是為了無所事事而生，但是在這個緊要關頭，這個陷入愛中的人一心想要創作。題目幾乎無關緊要，一個問題，一個觸發，針對文化上和品味上某個迫切的大哉問坦白地詢問自己，進入心靈的世界，抵達這個旅人心中。那對象是他熟悉的，於他是種經歷；他突然抗拒不了那種欲望，想讓這個對象在他的文字中熠熠生輝。而且他渴望能在達秋在場時工作，在寫作時把那男孩的身材當成模範，讓他的文字風格模仿這具身體的線條——這身體於他有如神祇一般，把他的美送至屬於心靈之處，如同老鷹曾把特洛伊的牧羊人帶到天上[20]。他坐在遮陽布下那張簡陋的桌子旁，愛慕的對象在眼前，其天籟般的聲音在耳中，按照達秋的美來塑造他那篇小論文——那一頁半精緻的散文，其純粹、高貴和感情張力在不久之後將廣受讚賞。在這既珍貴又危險的幾個小時裡，他感受到前所未有的創作之樂，意識到愛神就在文字之中。世人只識得這篇傑作，並不識得其起源，也不識得這篇文章是在何種情況下產生。這樣很好，因為一旦世人知道藝術家靈感的泉源，往往會感到迷惑，會被嚇倒，乃至於勾消了這篇作品的效果。奇特的時光！奇特的辛勞！心靈跟一具身體的怪異結合產生了結晶！當阿申巴赫把他寫的東西收起來，準備離開海灘，他覺得筋疲力竭，勞累過度，彷彿在一次縱慾之後，他的良知在抗議。

第二天早上，他正打算離開飯店，從露天台階上看見達秋已在前往海邊的路上，而且是獨自一人，看見他正走近通往海灘的柵欄。他想趁這個機會輕鬆地去與他結識，向他攀談，享受他的回答、他的目光，那少年在不知情之下給了他許多鼓舞和感動，同他攀談的這個單純願望很容易理解，而且不由自主地燃起。那個美少年悠閒地走著，要趕上他不難，阿申巴赫加快腳步，在浴場小屋背後的木板路上跟上了他。他想把手放在男孩頭上、肩膀上，一句友善的法文問候語已在他唇邊：此時他感到自己的心像個錘子般怦怦跳動，也可能是因為走得太快，乃至於他呼吸急促，若要說話只能上氣不接下氣地說。他猶豫不決，試圖自我控制，突然擔心自己已經跟在那美少年後面走了太久，擔心對方會注意到，會面帶詢問地轉過身來。他再度鼓起勇氣，失敗了，終於放棄，垂頭喪氣地走開。

太遲了！在這一刻他想。太遲了！可是果真太遲了嗎？他沒能跨出這一步也許是件好事，是件讓人放心快樂的事，能讓他清醒過來，這對他有好處。然而這個將老之人多半不想要清醒，這種迷醉對他來說太過珍貴。誰能解開藝術家生命本質與特徵之謎！誰能理解紀律與不羈這種本能的融合，藝術家的生命就植基於這種融合之中！因為，明知道對自己有好處，卻不想清醒過來，這是種不羈。阿申巴赫懶得再去做自我批評；到了這把年紀，他的品味、心智狀態、自尊、成熟和晚年的單純，使得他無意去分析自己這樣做的原因，無意去判別他之所以沒有執行原先的意圖究竟是出於良知、馬虎、還是軟弱。他感到迷惘，擔心可能有人看見了他的疾走和他的失敗，哪怕只是那個海灘看守員，擔心自己出醜了。他自我解嘲，針對他那既神聖又可笑的恐懼。「驚嚇過度，」他想，「像隻鬥敗了的公雞一樣驚嚇過度。是神讓我們在看到這個可愛的人時失去了勇氣，把我們驕傲的意識壓得抬不起頭來……」他玩著思想遊戲，如醉如痴，過於高傲，不願意害怕一種感覺。

他已經不再監督自己這段閒散時光的作息，一次也不曾想過要回家，反正他帶了足夠的錢。他只擔心那個波蘭家庭可能啟程離去，不過，他私下向飯店理髮師順口詢問，得知那幾位客人是在他抵達之前不久才住進飯店。陽光曬黑了他的手和臉，含鹽的海風令人神清氣爽，增強了他的感受。從前，不管是睡眠、食物或大自然所給予他的精力，他都習慣馬上將之用於工作；如今他把陽光、閒暇和海邊空氣每日所讓他增強的體力，全都慷慨地揮霍在神魂顛倒的感受中。

他的睡眠很淺，短短的夜隔開了單調而寶貴的日子，夜，充滿了幸福的不安。他很早就回房間，因為當達秋在晚上九點從視線中消失，那一天對他而言就宣告結束。可是當第一道晨光出現，一種溫柔的驚嚇喚醒了他，一顆心想起他的冒險，他無法再躺在床上，於是起身，披件衣物對抗清晨的涼意，坐在敞開的窗邊，等待日出。這神奇的事件讓他在睡眠中淨化的靈魂充滿虔誠。天、地、海仍舊浸浴在幽靈般透明的蒼白晨光中，一顆逐漸消逝的星星還浮游在空茫之中。但是一陣風起，從凡人無法接近之處傳來一個輕快的訊息，說黎明女神從丈夫身側起身，遙遠的天海之際露出第一道甜蜜的紅暈，萬物就此甦醒。這個為人妻者靠近了，這個引誘年輕人的婦人，搶走了克利圖斯、賽法勒斯，儘管奧林匹克山眾神嫉妒她，她還是享有俊美的奧利安的愛[21]。從世界的邊緣撒下了玫瑰，綻放開來，閃閃發亮，說不出的柔美；小小的雲朵煥發出光彩，被光照亮，如同小愛神飄浮在粉紅帶藍的薄霧中；紫色籠罩了大海，似乎被海浪沖得向前翻滾；金色長矛從下方衝上天空，燃起一場火，悄悄地，紅光和熊熊火焰以神般的巨大力量向上翻騰，她兄弟的神聖駿馬舉起馬蹄從地球上攀升。在太陽神壯麗輝煌的光芒下，這個醒來的孤獨之人坐著，閉上眼睛，讓那光芒親吻他的眼皮。舊日的感覺、一顆心早年的珍貴痛苦，曾在他嚴謹的工作中消亡，如今變了個樣子回來，如此奇特——他帶著迷惘、詫異的微笑，認出了這些感覺。他在沉思，在夢想，一個名字緩緩在他唇邊成形。他仍然面帶微笑，臉孔朝上，雙手交疊在懷中，在扶手椅上再度入睡。

然而，開始得如此熱烈隆重的一天，逐漸有了不同的神話意義。微風突然從太陽穴和耳邊掠過，如此輕柔，如此意味深長，宛如來自天上的呢喃細語，這微風從何而來，又源自何處？羽毛般的白雲成群立在空中，宛如眾神放牧的羊群。較強的風吹起，海神的坐騎奔馳而來，用後腿站立騰躍，也像是一頭藍色鬈髮的海神所豢養的公牛，怒吼著跑過來，把牛角放低。而在較遠的海灘上，在破碎的岩石之間，波浪像跳躍的山羊一樣往上蹦。這是個變了樣的神聖世界，充滿混亂的活力，包圍了這個迷醉之人，他的心夢想著溫柔的寓言故事。好幾次，當太陽在威尼斯後方沉落，他坐在公園裡的長凳上，看著達秋在壓平的碎石地上玩球，身穿白色衣裳，繫著有顏色的腰帶。而他以為自己看見了雅辛托斯，因為同時被兩個神愛上而不得不死去的雅辛托斯[22]。是的，他感受到西風之神對情敵的苦苦嫉妒，那情敵忘了神諭，忘了弓，忘了基塔拉琴，一心只想跟那個美少年嬉戲；他看見那個鐵餅，在殘忍的妒意操縱下，擊中那個可愛的頭部，他也感受到那倒下的身體，自己也臉色發白，從那芬芳的血中萌芽的花朵帶著雅辛托斯的無盡哀訴⋯⋯。

沒有什麼比時常見面卻互不相識的人之間的關係更奇特，更棘手。這些人每天相遇，甚至每個小時相遇，互相打量，卻由於習俗規範或自己的古怪脾氣而被迫不打招呼，不發一言，表面上維持漠不關心的陌生。他們之間瀰漫著不安和被過度撩起的好奇，由於認識與交流的需求未能滿足、違反自然地被壓抑而造成的緊張，尤其瀰漫著一種緊繃的敬意。因為在無法評斷對方之前，人都喜愛並尊敬對方。思慕是由於認識不足而產生。

阿申巴赫和少年達秋勢必要相識，兩人之間勢必要形成某種關係，而年紀較長的這一位滿心歡喜地發現他的關注並非全無回應。舉例來說，這個美少年早上出現在海灘時，何以再也不走那排小屋背後的木板路，而只從前面那條路穿過沙灘，經過阿申巴赫所待的地方，有時候毫無必要地靠近他，幾乎要碰到他的桌椅，再朝著他家人的小屋慢慢踱過去？難道這是優越感對那溫柔而漫不經心的少年所起的作用嗎？阿申巴赫每天等待達秋出現，有時當此事發生時，他假裝自己正在忙，讓那個美少年走過去，彷彿未加注意；有時他也會抬起眼睛，讓彼此的目光相遇。當此事發生時，他們兩個都十分嚴肅。年長的這一位擺出有教養、有尊嚴的表情，沒有洩露出一絲內心的激動；然而在達秋的眼睛裡

有種探究，有種深思的詢問，他的步伐顯出一絲躊躇，他看向地面，又再可愛地抬起眼睛，等他走過去，在他的姿勢中似乎有點什麼顯示出是他的教養才阻止了他回頭。

然而有一次，事情有所不同。那是在一個晚上，晚餐時間阿申巴赫不安地注意到那幾個波蘭姊弟和他們的女教師都不在餐廳裡。餐後他穿著晚禮服，戴著草帽，在飯店前面的露台底下散步，對於他們人在哪裡十分擔憂，此時他突然看見那幾個修女般的姊妹跟那位女教師出現在弧光燈下，達秋在她們身後四步之遙。很顯然他們是從汽船碼頭過來的，想來是基於某種理由而在城裡吃了晚餐。水上大概很涼，達秋穿了一件深藍色的水手外套，鑲有金色的鈕釦，頭上戴著一頂相稱的帽子。陽光和海風不曾把他曬黑，他的膚色仍舊是起初那種大理石般的淡黃；不過，今天他顯得比平常更蒼白，也許是由於涼意，或是由於那宛如月光的燈光具有漂白作用。他勻稱的眉毛顯得更鮮明，眼睛更加深邃。他的美非言語所能述說，阿申巴赫痛苦地感覺到言語只能讚美這種感官之美，卻無法將之重現，他有這種感覺已經不止一次。

他沒有預料到這珍貴的身影會驟然出現，來不及擺出平靜而有尊嚴的表情，很可能明顯流露出喜悅、驚訝和欣賞，當他的目光和他心中懸念之人的目光相遇，而就在這一秒發生了一件事：達秋露出了微笑，向他微笑，向他訴說，親暱，嫵媚，毫不掩飾，用在微笑中緩緩開啟的雙唇。那是納西瑟斯俯身在如鏡的水面上所露出的微笑，那種被蠱惑、被吸引的深深微笑，他帶著這個微笑向自己美麗的倒影伸出雙臂，那微笑稍微有點歪斜，那是由於他想親吻自己倒影優美雙唇的意圖，毫無成功的指望，這微笑嫵媚、好奇而帶著一絲侷促，迷住別人也迷住了自己。

此一微笑的對象倉皇離去，像是揣著一件會招致厄運的禮物。

他大受震撼，不得不逃離露台和前面庭園的燈光，匆匆走向後面的公園。他心裡冒出又怒又愛的告誡：「你不准這樣微笑！聽著，不准向任何人這樣微笑！誰都不准！」他在一張長凳上頹然坐下，吸進植物在夜間吐出的香氣，無法自己。他向後靠，雙臂下垂，情緒激動，數度戰慄，輕聲吐出思慕之情的那句老話——在此時此地荒謬、墮落、可笑、不成體統，然而卻也神聖而令人敬畏：「我愛你！」

18 這一段係模仿柏拉圖《對話錄》中的〈斐德羅篇〉。

19 塞墨勒（Semele）為希臘神話中女子，與宙斯生下酒神狄俄尼索斯。宙斯的妻子赫拉出於嫉妒，說服塞墨勒要求宙斯以原形在她面前現身。宙斯因早已答應要滿足她的任何願望，不得不信守諾言，明知這樣做將使身為凡人的她喪命。後來塞墨勒果然被宙斯現身時的火柱光輝殺死。

20 根據希臘神話，特洛伊國王之子該尼墨得斯（Ganymede）由於美貌非凡，在野外牧羊時，被化身老鷹的宙斯擄去作侍酒童子。

21 在希臘神話中，黎明女神是太陽神的姊妹，常劫走人間美男子做為愛人，克利圖斯（Cleitus）、賽法勒斯（Cephalus）和奧利安（Orion）均屬之。

22 雅辛托斯（Hyacinthus）是希臘神話中的美少年，受到阿波羅的鍾愛。由於風神出於嫉妒而惡意作弄，被阿波羅所擲出的鐵餅誤傷而死。風信子（hyacinth）就是依他的名字而取。

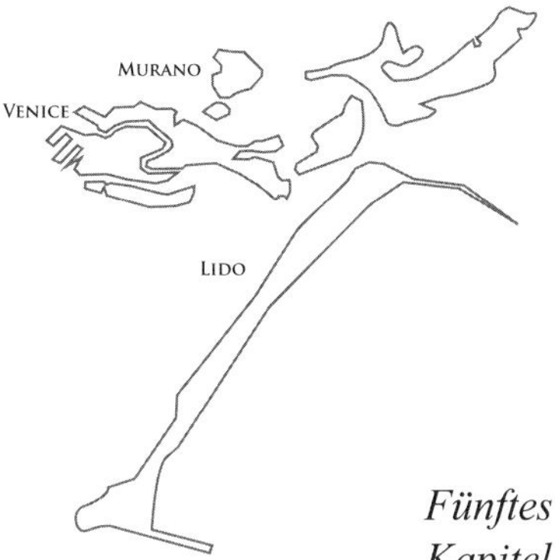

Fünftes Kapitel

第五章

在麗都島住下的第四週，古斯塔夫．馮．阿申巴赫注意到幾件奇怪的事，跟外面的世界有關。首先，隨著季節的推移，飯店的住房客人卻似乎不增反減，尤其是德語彷彿在他身邊漸漸枯竭而終至沉寂，到最後，在餐廳裡和海灘上，傳進他耳朵的只剩下外國語言。然後有一天，他到如今常去造訪的理髮師那兒，在談話中無意間聽到一個字眼，讓他起了疑心。那人提起一個德國家庭剛剛動身離去，在此地只待了沒多久，然後在閒聊中討好地加了一句：「先生，您還留下來；您不擔心那樁禍事。」阿申巴赫看著他，複述那幾個字：「那樁禍事？」那個多嘴的人不吭聲了，裝出忙碌的樣子，對這個問題聽而不聞。在更急切的追問之下，他表示自己什麼也不知道，試圖用尷尬的滔滔不絕來轉移注意。

那是在中午。下午平靜無風、陽光灼熱，阿申巴赫搭船前往威尼斯，因為他在一股狂熱的驅使下，想追蹤那幾個波蘭姊弟，之前他看見他們和那位女教師踏上通往汽船碼頭的路。他沒有在聖馬可發現他的偶像。當他坐在廣場陰涼處一張小鐵桌旁喝茶，突然在空氣中聞到一股獨特的氣味，那是種帶點甜的藥味，讓人想起疾病、傷口和可疑的整潔。此時他覺得這股氣味進入他的鼻子似乎已經好幾天了，卻不曾進入他的意識。他細細尋思，認出了這股氣味，把點心吃完，從面對教堂的那一側離開了廣場。那股氣味在狹窄的街道上更為強烈。街角貼著印刷的佈告，市政當局為了某種消化系統的疾病而警告民眾，說此一疾病在這種天氣裡很常見，提醒大家食用生蠔和貝類時要小心，也要留心運河裡的水。這個公告顯然帶著粉飾的性質。橋上和廣場上，各國遊人一群群沉默地站著，這個異鄉人站在他們之中，暗自尋思這是怎麼一回事。

一個店鋪老闆倚在店門口，站在珊瑚串和人工紫水晶飾品之間，阿申巴赫針對這股刺鼻的氣味向他打聽。那人用睏倦的眼睛打量他，急忙打起精神，比手劃腳地說：「先生，那是個預防措施！是警察的指示，我們不得不同意。這種天氣讓人透不過氣來，西洛可風對健康不太好。總而言之，您知道的——也許是小心過度了……」阿申巴赫向他道謝，繼續往前走。在回麗都島的汽船上，現在他也聞到了那股殺菌藥劑的氣味。

回到飯店，他立刻前往大廳，走到放報紙的桌子旁翻閱起來。在其他語言的報紙上他什麼也沒發現，德文報紙上則報導了傳言，引用了眾說紛紜的數字，重述了官方的否認，但懷疑其真實性。這就解釋了來自德國和奧地利的房客何以撤離。其他國家的人顯然還一無所知，一無所覺，尚未感到不安。「應該絕口不提！」阿申巴赫激動地想，把報紙扔回桌上。「應該加以隱瞞！」然而，眼看外面的世界將要陷入險境，他的心同時感到滿足。因為激情一如犯罪，跟日常生活的穩定秩序和安和樂利不相稱，激情樂於見到市民階層結構的任何鬆動，也樂見世界的一切混亂和災難，因為它抱著或許能從中獲益的希望。因此，阿申巴赫暗中感到滿足，對於在威尼斯骯髒的巷弄裡被當局所掩飾的事件，這座城市的罪惡祕密跟他內心最深處的祕密合而為一，而他也一心想要保守這個祕密。因為這個戀愛中人只擔心達秋會離開，他不無震驚地認清：假如此事發生，他將不知道該怎麼再活下去。

最近，他不再滿足於只靠著運氣和日常活動的規律來看見並接近那個美少年；他跟蹤他，尾隨他。例如，這一家波蘭人在星期天從來不會出現在海灘上，他猜想他們是去聖馬可教堂望彌撒，急忙趕去，從炙熱的廣場走進那個聖殿金色的氤氳，他看見心中惦念的人在敬拜，俯身跪在一個祈禱用的矮凳上。然後他站在後面，站在有裂縫的馬賽克鑲嵌地板上，四周的信眾跪著、喃喃誦唸、畫著十字，東方神殿的富麗堂皇沉甸甸地壓在他的感官上。披著層層裝飾的神父走向前，忙著，唱著，焚香冉冉升起，祭壇蠟燭微弱的火焰籠罩在煙霧裡，而另一種氣味悄悄滲入了這獻祭的香氣中：這座染病之城的氣味。穿過煙霧和閃爍的光，阿申巴赫看見那個美少年在前面轉過頭來尋找他，看見了他。

接下來眾人從打開的大門蜂擁而出，走到陽光照耀、停滿鴿子的廣場上，這個神魂顛倒之人藏身於前廊，躲了起來，埋伏著。他看見那一家波蘭人離開教堂，看見那幾個姊弟鄭重地跟母親道別，看著那母親朝著小廣場踏上歸途。他確定了那個美少年跟修女般的姊姊和那位女教師往右走，穿過鐘樓，往購物街走去，他先讓他們超前一些，再跟在後面，偷偷跟著他們散步穿過威尼斯。如果他們在路上停留，他就得停下來；如果他們掉頭，他就得溜進小店和庭院，好讓他們通過；若是他跟丟了，就得在一座座小橋和骯髒的死巷子裡尋找他們，又熱又倦；若他突然在狹窄的通道上看見他們迎面而來，無處閃避，他就得忍受好幾分鐘的尷尬折磨。儘管如此，卻也不能說他在受苦。他的腦袋和一顆心都醺醺然，而他的腳步遵從魔鬼的指示，那魔鬼以踐踏人類的理智和尊嚴為樂。

然後達秋他們或許會在某處登上一艘小船，在他們登船時，阿申巴赫躲在一棟建築的門廊或是一座噴泉後面。等他們離岸之後，他就也搭上一條船，壓低了嗓音，匆匆指示船伕跟著剛從角落轉過去的那艘小船，隔著一點距離，不要引人注意，並且允諾一筆豐厚的小費。當那人同樣壓低聲音向他保證一定辦到，帶著皮條客那種促狹的樂意效勞，他感到一陣戰慄。

就這樣，他隨著小船滑動、搖晃，倚著柔軟的黑色靠墊，尾隨另一艘有鳥喙形船頭的黑色小船，激情讓他緊緊盯住那艘船的行跡。偶爾那艘船在他眼前消失，他就感到焦慮，可是他的嚮導總是懂得使用靈巧的駕船技術，迅速橫渡、抄近路，把他愛慕之人再帶回他眼前，彷彿對這種任務駕輕就熟。空氣靜止不動，有股氣味，陽光猛烈，穿過把天空染成藍灰色的雲霧。水聲汩汩，拍擊著木板和石頭，船伕在呼喊，半是警告，半是問候，依照奇特的協議，遠遠地從這座迷宮的靜謐中得到回答。從高處的小花園裡，一球球傘形花朵越過殘破的圍牆垂下，有白有紫，帶著杏仁的香氣。阿拉伯式的窗框倒映在渾濁的水中。一座教堂的大理石台階直伸進水裡，一個乞丐蜷身於台階上，強調自己的不幸，伸出帽子，兩眼翻白，假裝自己是瞎子；一個古董商在他的巢穴前，用阿諛的神情邀請這個路過之人進店裡停留，希望能騙到他的錢。這是威尼斯，這個諂媚而不可信賴的美人——這座城市，半是童話，半是為外來客設下的陷阱，在這裡的腐敗空氣中，藝術一度蓬勃發展，音樂家譜出有如搖籃曲般甜蜜的催眠曲調。這個冒險之人覺得這華美的藝術彷彿就在眼前，這樣的曲調似乎就在耳邊；他也想起這座城市生了病，為了商業利益而加以隱瞞，而他便更加恣意地殷殷望向那艘向前漂浮的小船。

就這樣，這個迷惘之人只想要不停地跟隨那個讓他心旌蕩漾的對象，除此不作他想，別無所求。當對方不在眼前，他就在心裡想著他，一如戀愛中的人，向對方的影子訴說溫柔的話語。孤獨、異鄉、還有遲來的迷戀所帶來的幸福鼓勵了他，說服了他，任由自己做出令人難以置信的事，不害羞，也不臉紅。有一次，他在深夜裡從威尼斯回來，在飯店二樓那個美少年的房門前駐足，在全然的醉意中把額頭擱在那扇門的鉸鍊上，冒著在這種瘋狂行徑中被撞見的危險，久久無法離開。

儘管如此，他也有大夢初醒、半恢復理智的時刻。我走在什麼樣的路上！他會驚恐地想。走在什麼樣的路上！自然的成就會使一個人對自己的出身產生興趣，如同貴族習於追溯自己的出身。就跟這種人一樣，他習慣在人生的成就和成功中回想自己的祖先，在心裡取得他們的贊同，讓他們不得不尊敬他。此時此地，他也想起他們，被捲入這般不被允許的經歷，如此異常地放縱感情，回想起祖先性格中自制的嚴謹和高尚的男子氣概，他不禁露出感傷的微笑。他們會怎麼說？話說回來，他們對他的整個人生會怎麼說？他沉迷於藝術的人生。他的人生和他們的人生如此不同，幾乎近於墮落，針對這樣的人生，他自己在少年時代曾經加以嘲諷，沿襲父祖的市民意識，而他的人生跟祖先的人生曾經如此相似！他也曾上過戰場，也曾經是士兵和戰士，一如幾位祖先——因為藝術就是一場戰爭，一場耗盡精力的戰鬥，如今的人已無法長期從事。一種自我克制和排除萬難的人生，一種嚴苛、堅定、節制的人生，他把這種人生塑造成一種英雄主義的象徵，一種溫柔而適合這個時代的英雄主義——他應該有權將之稱為有男子氣概，稱為勇敢，而在某種程度上，控制了他的愛神似乎與這樣一種人生格外相稱。愛神不是在最勇敢的民族裡特別受到尊崇嗎？傳說中，愛神不是藉由勇敢而在那些民族的城市裡活躍嗎？遠古時代的許多戰爭英雄都心甘情願承受愛神的桎梏，因為愛神所施加的侮辱不算侮辱。下跪、立誓、哀求和奴隸般的舉止，這些行為若是為了別的目的而發生，就會被斥為膽怯，但這些行為不會給戀愛之人帶來恥辱，反而會使他得到讚美。

這就是這個神魂顛倒之人的思考模式，他就是以這種方式試圖支撐自己，維持自己的尊嚴。同時他又把一種追根究底的精神轉向威尼斯城裡那樁不潔的事件，外在世界的冒險和他心中的冒險暗暗合流，以於理不容的隱隱希望滋養著他的激情。他熱中於得知有關這樁禍事的最新消息與可靠資訊，關於事情的現況和進展。他在城裡的咖啡館仔細翻閱德文報紙，因為從好幾天前，這些報紙就從飯店大廳的閱報桌上消失了。宣稱和更正在報上輪流出現。染病者和死亡者的數目據說達到二十人、四十人、甚至上百人，接著，任何疫情若非遭到斷然否認，就是被歸為純粹係由外地帶入的個別病例，中間夾雜著示警的疑慮以及對外國政府玩火作法的抗議。總之，什麼都無法確定。

儘管如此，這個孤獨之人意識到自己擁有一種特權，得知了這樁祕密，同時卻又被排除在外，他用圈套問題去攻擊那些聯手保持沉默的知情者，迫使他們公然扯謊，從中得到荒唐可笑的滿足。有一天在餐廳吃早餐時，他就這樣質問那個經理，那個輕聲細語的小個子，穿著法式小禮服，在用餐客人之間走動，打著招呼，照看一切是否妥當，他也在阿申巴赫的小桌旁停下來閒聊幾句。這位客人隨口問道，最近有人在替威尼斯消毒，究竟是為什麼呢？這到底是怎麼回事？——「這是警方採取的措施」，那個巧言令色的人回答：「目的在於善盡職守，及時阻止在這種出奇悶熱的天氣下，可能產生的各種有害公眾健康的情況。」——「警察應該得到嘉獎」，阿申巴赫這樣回應，兩人還交換了幾句關於氣象的看法，然後那個經理就告退了。

就在同一天，晚餐之後，一個在街頭賣唱的小樂團從城裡來到這家飯店的前庭獻唱。那是兩男兩女，站在一盞弧光燈的鐵桿旁邊，抬起被燈光照亮的臉，面對那一大片露台，飯店客人在露台上喝著咖啡和冷飲，準備欣賞這具有民俗風味的表演。飯店員工在通往大廳的幾扇門邊豎耳傾聽，包括電梯操作員、餐廳服務生和辦公室裡的職員。那個俄國家庭在享樂這件事上既熱中又認真，為了更接近那些表演者，讓人把幾張藤椅搬下來放在前庭裡，感激地圍成半圓形坐下。那個年老的女奴站在主人背後，裹著類似纏頭布的頭巾。

曼陀林、吉他、手風琴和一把音色婉轉的小提琴，在這幾位賣藝者的手中奏起。樂器演奏與歌曲演唱交互出現，女子中較年輕的那一位跟那個男高音唱起纏綿的情歌對唱，女聲尖銳刺耳，男聲則是甜美的假聲。不過，另外那個男子毫無疑問才是這個團體的領袖，也最有才華。他手持吉他，算是個丑角男中音，幾乎沒有出聲，但是表情豐富，散發出滑稽的活力。他常常脫隊，拿著那件大樂器，離開另外幾名團員，一邊表演一邊走到舞台前面。眾人用笑聲鼓勵他，尤其是那幾個坐在前排座位的俄國人顯然十分欣賞南歐人這種活潑，用掌聲和歡呼來鼓勵他更加大膽、更加放肆地盡情表演。

阿申巴赫坐在有欄杆的迴廊上，偶爾用一杯摻了蘇打水的石榴汁潤潤嘴唇，那飲料在杯子裡像紅寶石般閃閃發亮。他的神經貪婪地接收那單調的音樂、那粗俗而濫情的旋律，因為激情麻痺了挑剔的鑑賞力，在清醒時只會付諸一笑或斷然拒絕的刺激，現在他都欣然接受。看著那個雜耍藝人跳來跳去，他的表情扭曲成一個僵住的微笑，已經開始作痛。他慵懶地坐在那兒，內心卻由於一種極端的專注而繃緊，因為達秋就在六步之遙，倚在石欄杆上。

他站在那兒，身穿那件繫了皮帶的白色衣裳，是他晚餐時偶爾會穿的衣服，散發出渾然天成的優雅，左下臂擱在欄杆的平台上，雙腳交叉，右手放在支撐身體重量的臀部，向下望著那幾個街頭藝人，表情幾乎稱不上微笑，只是一種遠遠的好奇，一種禮貌的接受。有時他會把身體站直，挺起胸膛，雙手以一個優美的動作把那件白色上衣從皮帶下往下拉。而有時候，那個將老之人會在理智的一陣暈眩中，在震驚之中，得意地發現達秋會小心翼翼地轉過頭來，或是猛然轉過頭來，

宛如一次奇襲，把頭越過右肩，朝著他的愛慕者轉過來。阿申巴赫不敢和他四目相接，因為一種可恥的擔憂迫使這個迷失之人心虛地控制住自己的目光。那幾個保護達秋的婦人坐在露台後方，如今這個戀愛中人不得不擔心自己會引人注目、啟人疑竇。是的，不管是在海灘上，在飯店大廳裡，還是在聖馬可廣場上，他好幾次注意到別人把達秋從他附近喚回，想要他離他遠一點，讓他為之愕然。他不得不從中推斷出一種可怕的侮辱，在這種侮辱下，他的自尊蜷縮在前所未有的痛苦中，但他的良知卻又阻止了他去拒絕此一侮辱。

此時那個吉他手開始自彈自唱，獨自唱起一首有好幾段的流行小調，目前正紅遍整個義大利。每次一唱到副歌，他的同伴就用歌聲和所有的樂器加進來，而他懂得用一種戲劇化的方式來唱。他身材瘦弱，面容也憔悴而瘦削，脫離了他的同伴，一頂舊氈帽推到頸後，一叢紅髮從帽沿下露出來。他以一種厚顏大膽的姿勢站在石子地上，和著吉他琴弦的錚錚鏦鏦，以咄咄逼人的說唱方式對著露台上的客人大開玩笑，由於賣力演出，額頭上青筋浮現。他不像威尼斯人，比較像那不勒斯的滑稽演員，半是皮條客，半是戲子，粗魯而放肆，危險而具娛樂性。他唱的歌，就歌詞而言只是愚蠢無聊，透過他的表情變化、身體動作、富暗示性地眨眼和把舌頭滑溜地伸出嘴角的方式，在他嘴裡多了一種曖昧、一種隱隱的下流。他穿了件運動衫來搭配城裡人的裝束，乾瘦的脖子從柔軟的衣領冒出來，喉結顯得赤裸而且出奇的大。他臉色蒼白，有個塌鼻子，鬼臉和惡習似乎在他臉上犁出了痕跡，沒有蓄鬍的面容讓人很難推斷他的年紀，兩條皺紋豎立在一雙淡紅的眉毛之間，倔強、蠻橫、幾乎帶著野氣，跟那張嘴露出的笑容異樣地相稱。不過，這個孤獨之人之所以注意到他，其實是因為這個可疑的人物似乎也帶著一股可疑的氣味。因為每一次當副歌再度響起，這個歌手繞著圓圈而行，一邊做著令人發噱的動作，和觀眾握手致意，就會從阿申巴赫座位的正下方走過，而每一次當此事發生，就有一團強烈的石碳酸氣味從他的衣服和身體散發出來，飄到露台上。

在那段歌曲唱完之後，他開始討錢，先從那些俄國人那兒開始，眾人看見他們大方地賞了錢，接著他從台階走上來。在表演時他是那麼大膽，來到上面則表現得如此謙恭。他低聲下氣，行著屈膝禮，躡手躡腳地在桌子之間穿梭，帶著卑屈而狡猾的笑容，露出強壯的牙齒，而那兩條皺紋依舊懾人地豎立在一對紅眉之間。觀眾打量著這個在乞討生活費的怪異人物，帶著好奇和些許厭惡，用指尖捏著硬幣扔進他的氈帽裡，避免碰觸到他。賣藝人跟上流人士之間的身體距離一旦被拉近，總是會產生某種尷尬，不管先前欣賞表演的樂趣再怎麼大。他感覺到這份尷尬，試圖用卑躬屈膝的態度來表示歉意。他向阿申巴赫走過來，那股氣味隨之而來，周圍似乎沒有人對這股氣味有何疑慮。

「聽著！」這個孤獨之人壓低了嗓音，幾乎不假思索地問：「他們在替威尼斯消毒。為什麼？」——那個小丑用沙啞的聲音回答：「是因為警察的關係！這是規定，先生，在西洛可風和這種炎熱的天氣之下。西洛可風讓人難以呼吸，對健康不好……」他說著，彷彿奇怪竟然會有人問這種問題，一邊伸出手示範西洛可風是多麼令人難以呼吸。——「所以說，威尼斯並沒有什麼災禍囉？」阿申巴赫用氣音小聲地問。這個逗趣的人肌肉發達的面孔，做出無奈的滑稽鬼臉。「災禍？什麼樣的災禍？難道西洛可風是災禍嗎？還是說我們的警察是災禍呢？您愛說笑了！一件災禍！沒這回事！您該明白這只是個預防措施！是警方的規定，針對這令人窒息的天氣所造成的影響……」他比手劃腳地說。——「別說了。」阿申巴赫又小聲而簡短地說，迅速把一枚面額過高的錢幣扔進那頂帽子裡，然後用眼神示意他可以走了。那人鞠著躬，咧開嘴笑著聽從了。但是他尚未走到台階上，就有兩名飯店職員朝他衝過去，把臉湊近他的臉，用耳語輕聲詰問。他聳聳肩膀，做出保證，發誓他沒有說出來；對方看出這是事實，便放他離去。他回到庭院裡，跟同伴略做商量之後，再度上前表演最後一首歌曲，以表示感謝和道別。

這個孤獨之人在印象中不曾聽過那首歌，一首粗鄙的流行歌曲，是他聽不懂的方言，配有一段以笑聲構成的副歌，每隔一段時間，所有團員就會扯著嗓門加進來。此時既沒有歌詞，樂器也不再伴奏，只剩下一陣笑聲，雖然有一種節奏，但是十分自然。獨唱的那人尤其具有表演笑聲的天賦，笑得生動而逼真。一旦在他和觀眾之間重新建立起藝術的距離，他也就恢復了全副的大膽，厚著臉皮朝著露台大聲假笑，那是嘲諷的笑聲。每當曲中有歌詞的部分接近尾聲，他就似乎已經在對抗忍不住想要發笑的衝動。他抽噎著，聲音時高時低，用手摀住嘴巴，聳起肩膀，那抑制不住的笑聲從他口中發出、嘯出、噴發而出，如此真實，使得這笑聲具有傳染力，傳到觀眾那邊，乃至於一陣沒來由的笑聲也在露台上傳開，純粹只是為了笑而笑。而這似乎使那個歌手加倍放肆，他彎下膝蓋，拍著大腿，捧著肚子，想要縱情大笑，那不再是笑，而是尖叫。他伸手指著上面，彷彿沒有什麼比在露台上發笑的賓客更滑稽，到最後大家笑成一團，從庭院裡，迴廊上，一直到門後那些服務生、電梯操作員和打雜的工人。

阿申巴赫不再癱坐在椅子上，他坐直了身體，彷彿想要試圖抵抗或是逃走。但是那笑聲、那股飄上來的消毒氣味、加上那個近在咫尺的美少年交織成一種如夢似幻的魔力，攫住了他的腦袋、他的意識，扯不破，逃不開。趁著眾人笑成一團，他放膽朝達秋望過去，而他發覺那個美少年在回應他的目光時也保持嚴肅，彷彿隨著他而調整自己的舉止和表情，彷彿不受眾人情緒的影響，因為他也置身於那種情緒之外。這種孩子氣的追隨如此令人卸下心防，如此動人心魄，使得這個灰髮之人必須費力克制住把臉埋在雙手中的衝動。他也覺得達秋偶爾站直身體吐氣似乎意味著一聲嘆息，一種胸口的抑鬱。「他有病，很可能活不到老」，他又一次以實事求是的態度這樣想。迷戀和思慕有時會奇特地自我解放，成為這種實事求是的態度。他心中同時湧起真心的關懷和超乎常情的滿足。

此時那幾個威尼斯藝人結束了表演，撤離了現場。觀眾用掌聲歡送他們，而他們的領袖不忘在退場時繼續逗趣。他的屈膝禮和飛吻引來了笑聲，因此他加倍做出這些動作。當他的同伴已經到了外面，他還假裝自己在倒退時撞上一根燈桿，看似痛得彎下了腰，蹣跚地走向那道小門。在那裡，他終於驀地摘掉倒楣鬼的滑稽面具，站直了身體，簡直是一躍而起，向露台上的賓客放肆地吐舌頭，隨即沒入黑暗中。飯店客人漸漸散去，達秋也早已不再站在迴廊的欄杆邊上。但這個孤獨之人仍然伴著那杯剩餘的石榴汁，在桌邊靜坐良久，讓服務生很詫異。夜漸漸深了，時間一點一滴消逝。許多年前，在他父母家裡有一個沙漏，此時他又驀地看見那個易碎而重要的小物品，彷彿它就在眼前。染成赭紅色的細沙無聲地穿過狹小的玻璃頸往下流，當上層的沙子即將流盡，就會形成一個向下捲動的小小漩渦。

次日下午，這個執拗之人朝著外面世界的誘惑踏出了新的一步，而這一次大獲成功。事情是這樣的，他從聖馬可廣場走進位在那裡的英國旅遊局，先在櫃臺兌換了一點錢，然後帶著外地人狐疑的表情，向替他服務的辦事員提出那個令人尷尬的問題。對方是個英國人，身穿毛料服裝，還很年輕，頭髮中分，兩隻眼睛離得很近，舉止流露出誠實穩重，在機靈調皮的南歐顯得十分稀奇。他先是說：「沒必要擔心，先生，只是個沒有特殊意義的措施。這種規定常常頒佈，為了預防炎熱的天氣和西洛可風會造成有害健康的影響……」但是他抬起一雙藍眼睛，接觸到這個外地人疲倦而略顯悲傷的目光，帶著些許不屑盯著他的嘴唇，於是那個英國人臉紅了，壓低了聲音，有點激動地往下說：「這是官方的說法，在這裡大家認為堅持這個說法比較好。我要告訴您，這背後另有隱情。」接著他坦誠地說出了真相。

好幾年以來，印度的霍亂就顯出擴散和遷移的傾向。產生於恆河三角洲的溫暖沼澤，在茂盛而無用、被人類避開的蠻荒世界和島嶼荒野中滋長，那是竹林裡蜷伏著老虎的地方。這種傳染病持續在整個印度肆虐，疫情異常嚴重，向東蔓延至中國，向西蔓延至阿富汗和波斯，並且隨著商旅交通的要道把災禍帶到了阿斯特拉罕[23]，甚至帶到了莫斯科。當歐洲正擔心這個鬼魅會從那兒經陸路來臨，它卻由敘利亞的商船經由海路攜來，在好幾座地中海港口幾乎同時出現，在土倫和馬拉加探頭，在巴勒摩和那不勒斯多次露面，似乎再也不願意從卡拉布里亞和普利亞離開[24]，但義大利半島的北部得以倖免。然而，今年五月中旬在威尼斯，就在同一天，在一個船上工人和一個賣蔬果的婦人乾萎發黑的屍體上，發現了那可怕的弧菌。這些病例被隱瞞住了。可是一週之後，這樣的病例增加到十個、二十個、三十個，而且出現在不同的城區。一個來自奧地利鄉間的男子到威尼斯來玩了幾天，回到他家鄉的小鎮之後，死於明確的症狀之下。因此，關於這座潟湖城市出現疫情的傳言才會首先出現在德文日報上。威尼斯的政府當局表示這座城市的衛生情況再好不過，採取了必要措施來加以防治。但是很可能是蔬菜、肉類或牛奶之類的食物受到了感染，因為在官方加以否認及掩飾的情況下，死亡在狹小的巷弄裡到處吞噬生命。而提早來臨的炎熱夏季使得運河裡的水變暖，格外有利於這種疾病的傳播，這個傳染病彷彿重新獲得活力，病原體的韌性和繁殖力似乎都加倍了。痊癒的病例很少，染病者中十個有八個死亡，而且死法駭人，因為此一疾病極為猖狂，往往以最危險的形式出現，被稱之為「乾萎」。在這種情況下，身體無法補充從血管大量流失的水分，在幾個小時之內，病患就乾枯了，由於血液變得如瀝青般黏稠，而在痙攣與嘶啞的哀嚎中窒息。少數情形是在略感不適之後，以深深昏迷的形式發病，病人再也沒有醒來，或是幾乎不再醒來，那麼這人還算是有福氣的。六月初時，市立醫院的隔離所悄悄塞滿了人，兩間孤兒院裡開始人滿為患，而在新河岸街碼頭與墓園島聖米歇爾之間的交通繁忙得嚇人[25]。然而，在這座城市裡，擔憂和顧慮顯然勝過了誠實以及對國際協定的尊重，擔憂引起大眾的恐慌，顧慮到公共花園裡最近剛開幕的繪畫展覽[26]，以及飯店、商家和整個旅遊業在恐慌中和污名之下可能蒙受的鉅額損失。因此，政府當局一味堅持採取隱瞞與否認的政策。威尼斯受人敬重的最高衛生官員憤而辭職，而由一個比較聽話的人物悄悄頂替。民眾知道這件事；上層的腐敗、不安的氣氛、以及肆虐的死亡使這座城市陷入非常狀態，造成下層百姓的道德墮落，激起反社會的黑暗欲望，表現為囂張、無恥、數目增加的犯罪事件。在夜晚一反常態地出現許多喝醉的人，據說兇惡的流氓夜裡在街道上橫行，搶劫事件乃至殺人事件層出不窮，因為已經有兩個案例證明，據稱死於瘟疫之人其實是被自己的親戚給毒死的。職場上的敷衍馬虎變得過份而令人皺眉，這種馬虎的態度在這個國家的南部和地中海以東的國家稀鬆平常，在此地卻並不常見。

那個英國人扼要地說了這些事，最後他說：「您最好是今天就走，不要等到明天。再過不了幾天就會發佈封鎖令了。」——「謝謝。」阿申巴赫說，離開了旅遊局。

廣場一片悶熱，雖然沒有陽光。不知情的外來遊客坐在咖啡館前面，或是站在完全被鴿子覆蓋的教堂前，看著那些鴿子蜂擁而來，拍著翅膀，互相推擠，啄食遊人手掌上的玉米粒。這個孤獨之人興奮得發暈，得意於擁有了真相，舌頭上有股噁心的怪味，心中有股莫明的恐懼，在那個華麗廣場的磁磚地面來回踱步。他盤算著一件具有淨化作用的正派舉動。他可以在今晚用過晚餐之後走近那個配戴珍珠首飾的婦人，對她說話，他把要說的話逐字逐句打好腹稿：「夫人，請容許這個陌生人向您提出一個建議、一個警告，由於這個城市的自私自利您被蒙在鼓裡。請您立刻啟程離開，帶著達秋和您的女兒！威尼斯有瘟疫。」接著他就可以在道別時把手放在達秋頭上，那個嘲諷之神派出的手下，轉身離去，逃離這個泥沼。然而，他同時感到自己遠遠沒打算認真去走這一步，無盡地遠。這一步將會帶他回去，把他還給自己，可是渾然忘我之人最厭惡的莫過於重返自我。他想起那座白色的建築，飾有在夕陽中閃閃發亮的銘文，他的心智之眼迷失在那些銘文流露出的神祕主義裡；他也想起那個奇怪的徒步旅行者，在這個漸老之人心中喚醒年輕人對遠方及異國的無限思慕；而想到回家，想到謹言慎行、冷靜理智、辛勤工作和大師身分，這個念頭令他厭惡，乃至於他的面孔扭曲，表達出身體的不適。「應該絕口不提！」他激動地低語。又說：「我將絕口不提！」意識到他知情不報，意識到他的共犯身分，讓他醺醺然，如同幾口葡萄酒讓疲倦的頭腦醺醺然一樣。這座被瘟疫侵襲而墮落的城市在他心中恍然浮現，在他心裡燃起希望，無法理解，超越理智，異常甜蜜。跟這種希望相比，剛才他夢想了短短一瞬的淡淡幸福算什麼？相對於混亂帶來的好處，藝術和美德對他來說又算什麼？他選擇沉默，留了下來。

這一夜他做了一個可怕的夢——如果可以把一種具體的精神經驗稱之為夢。這經驗雖然在最深沉的睡眠中發生在他身上，以完全的獨立和清楚的意識，但他並未看見自己在另一個空間裡置身事外地旁觀。其實這些事件的場景就是他的靈魂本身，它們從外面襲來，以暴力擊潰了他的抵抗——一種精神上的深刻抵抗，揚長而去，留下他被蹂躪、被摧毀的教養和生命。

夢境始於恐懼，恐懼和欲望，還有對於將要發生之事的驚愕好奇。黑夜籠罩大地，他的感官在聆聽，騷動、怒號、一種混合的嘈雜由遠而近：轟隆隆，匡啷啷，低沉的雷鳴，加上尖聲的歡呼，和一聲特定的呼喊，拖著長長的尾音——一切都被低聲呢喃的嫋嫋笛聲貫穿，被這甜蜜得可怕的笛聲蓋過，這笛聲無恥地糾纏，蠱惑著五臟六腑。而他曉得一個黑暗的字眼，足以稱呼將要發生之事：「那個陌生的神！」一煙霧瀰漫的火光亮起：而他認出了山地，類似他夏天住所周圍的山地。在陣陣閃光中，從林木覆蓋的高處，在樹幹和長了青苔的山岩之間，那東西翻滾著，如旋風般地衝下來：人類、動物、一大群呼嘯而來，用身體、火焰、騷亂和踉蹌的舞蹈淹沒了山坡。女人被毛皮長袍給絆住，袍子從她們的腰帶上垂下來，她們在頭上搖著鈴鼓，呻吟著把頭往後甩，揮動火花四濺的火把和無鞘的匕首，捏住嘶嘶吐舌的蛇，或是尖叫著捧住自己的乳房。男人額上戴著獸角，圍著毛皮，身上長滿毛髮，頸子向後仰，舉起手臂和大腿，讓金屬鐃鈸響得震耳欲聾，發狂地敲著鼓。皮膚光滑的少年用有葉子的木棒刺向公山羊，緊緊抓住牠們的角，大聲歡呼，任由自己被跳躍的山羊拖著走。那些興奮的人號叫著，喊著那個名字，有柔軟的子音和拖長的尾音，既甜蜜又狂野，是前所未聞的呼喊。它在此處響起，在空中迴盪，像交尾期的鹿鳴，而在彼處有人將它再度喊出，許多個聲音一起在喊，在混亂的得意之中，用這個呼喊挑逗彼此來跳舞，甩動四肢，讓那一聲呼喊永遠不會沉寂下來。而這一切都被那低沉誘人的笛聲所穿透、所主宰。這笛聲不也引誘著他，這個不情願地經歷這一切的人，引誘他忘記羞恥，加入這終極獻祭的慶祝與放浪？他深深厭惡，深深恐懼，的確想在那陌生之神面前保護自己冷靜而有尊嚴的心智，直到最後。但是那陣嘈雜、那聲嚎叫越來越響，被山壁間的回音擴大了好幾倍，佔了上風，膨脹成令人迷亂的瘋狂。各種氣味撲鼻而來，公山羊的腥羶、喘氣的身體發出的氣味、一絲似是來自腐水的氣息、再加上另一種熟悉的氣味——聞起來像傷口和傳染病。他的心隨著鼓聲咚咚作響，他的腦子在旋轉，怒氣湧上心頭，失去理智，令人暈眩的欲望，而他的靈魂渴望加入這陌生之神的輪舞。那個淫蕩的象徵，巨大，由木頭製成，被揭露開來，高高舉起，他們更加放浪地呼喊那個口號，唇邊流出白沫，呼嘯著，用淫蕩的表情和求愛的雙手挑逗彼此，大笑，呻吟，用有刺的棍棒刺進彼此的肉裡，舔著從四肢裡流出的血。而這個做夢之人此刻也跟他們在一起，在他們之中，服從那個陌生的神。是的，他們就是他自己，當他們殺氣騰騰地撲向那些動物，吞食還冒著熱氣的碎肉，當無邊的交媾在被踩亂的青苔地面上展開，向那個神獻祭。他的靈魂嚐到末日的淫亂和瘋狂。

這個做了惡夢的人從夢中醒來，神經衰弱，心思紊亂，受制於那個魔鬼，無能為力。他不再忌憚別人打量的目光，不在乎是否引起了他們的懷疑。再說他們也逃走了，動身離去；數不清的浴場小屋空空地立在那裡，餐廳裡的空位越來越多，在城裡難得再看見外來遊客。真相似乎漸漸傳開了，儘管利益團體聯手遮掩，也無法再阻止大眾的恐慌。不過，戴著珍珠首飾的那個婦人跟她的家人還留著，或許是風聲尚未傳到她那兒，也可能是她過於驕傲而無所畏懼，不願向這些傳言屈服。達秋也留著；而著了魔的那人有時會覺得，逃離和死亡彷彿能把所有打擾他們的生命全都挪開，讓他能單獨跟那個美少年留在這座小島上。上午在海邊，他目不轉睛地凝視他所戀慕之人，目光沉重，不顧一切；太陽西下時他穿過死亡在暗中肆虐的小巷，不顧顏面地尾隨那少年；在這些時刻，那荒唐之事在他看來充滿希望，而道德法則不再適用。

凡是戀愛中人都希望能討對方喜歡，他也一樣，從而感到心酸的恐懼，覺得這恐怕不可能。他在西裝上添加年輕討喜的小飾品，配戴寶石，使用香水，每天花很多時間打扮，在修飾過後去用餐，又興奮又緊張。那令他傾心的美好青春使得他厭惡自己日漸衰老的身體，看見自己灰白的頭髮和滄桑的面容，讓他陷入羞愧和絕望。他想讓自己的身體更有朝氣，想再修復自己的身體，他常去飯店的理髮師那兒報到。

那個多話的理髮師動著雙手為他修飾，他圍著理髮用的披肩，貼著椅背坐著，黯然看著鏡中的自己。

「灰的。」他撇著嘴說。

「一點點。」那人回答：「這要怪您的疏忽，怪您對外表漠不關心，大人物不關心外表是很正常的事，但卻不見得值得稱讚，尤其是對所謂天然或人工的偏見更是不甚適當。假如某些人把對化妝藝術的批判也應用在他們的牙齒上，那麼肯定會令人不敢恭維。畢竟，我們有多老，要看我們的精神、我們的心覺得有多老，而在某些情況下，灰白的頭髮其實是種謊言，比起大家看不起的染髮更是個謊言。拿您的情況來說，先生，您有權擁有天然的髮色。您允許我讓您恢復天生的自然髮色嗎？」

「怎麼個恢復法？」阿申巴赫問。

那個能言善道的人把這位客人的頭髮用兩種不同的水洗過，一種清澈，一種顏色深，而頭髮就變得跟年輕時一樣烏黑。他再用燙髮鉗把頭髮弄軟，向後退，端詳他處理過的這個頭部。

「現在只需要把臉部稍微修整一下。」他說。

就像一個停不下手、永遠不滿意的人，他忙得越來越起勁，這裡弄弄，那裡弄弄。阿申巴赫舒服地坐著休息，無力抗拒，反而滿懷希望地為了眼前發生的事而感到興奮。眼看鏡中他的眉毛呈現更清晰、更勻稱的弧形，看著他的眼型變長，眼睛由於眼皮微微上了色而變得明亮，再往下看，原本蠟黃的皮膚上輕輕塗上一抹淡淡的腮紅，剛才還沒有血色的嘴唇現在呈現豐潤的深紅，臉頰和嘴角的溝紋以及眼角的皺紋被乳霜填平，呈現出青春氣息，帶著一顆怦怦跳動的心，他在鏡中看見一個容光煥發的年輕人。那個化妝師總算滿意了，用這一行阿諛奉承的禮貌向他服務過的客人道謝。「幫個小忙而已，不足掛齒。」他說，一邊伸手替阿申巴赫做最後的整理。「現在先生可以放心地去戀愛了。」這個神魂顛倒的人走了，幸福得如在夢中，迷惘而膽怯。他的領帶是紅色的，寬邊草帽上綁著一條彩帶。

溫熱的狂風吹起，雨不常下，雨量也很小，然而空氣潮濕、厚重，瀰漫著腐敗的水氣。風聲颼颼，劈劈啪啪的聲音圍繞在耳邊，對那個因化了妝而發熱的人來說，彷彿是搗亂的風精靈在空中玩耍，來自大海的兇惡禽鳥，把這個無可救藥之人的餐點翻亂了、啄壞了、弄髒了。悶熱的天氣讓人沒有食慾，而且讓人不由得想像食物被傳染物質給污染了。

一天下午，在追尋那個美少年的蹤跡時，阿申巴赫深深走進這座生病的城市內部的混亂。由於那座迷宮裡的小巷、水道、橋梁和小廣場太過相似，他失去了方向感，也無法確定天空的方位。他努力不要讓自己殷切追隨的身影從眼前消失，不得不小心翼翼，不顧顏面，緊貼著牆邊，設法躲在前面行人的背後，久久不曾意識到自己的疲倦和無力，感情和持續的緊張讓他身心俱疲。達秋走在家人後面，在狹窄的路上，他往往讓那名女教師和幾個修女般的姊姊走在前面，獨自漫步，偶爾會回過頭，越過肩膀向後望，用他獨特的朦朧雙眼確定自己的愛慕者跟在後面。達秋看見了他，而且並未揭穿他。這讓那個戀愛中人醺然欲醉，被這雙眼眸引誘著向前走，被激情牽著鼻子走，偷偷跟隨著他荒唐的希望，最後卻還是把他們跟丟了。那幾個波蘭人從一座短短的拱橋上走過，橋上隆起的部分讓跟在後面的他看不見他們，等到他自己也走上拱橋，他們已在視線中消失。他往三個不同的方向尋找他們的下落，往前直走，沿著那座狹窄骯髒的碼頭的兩側，但徒勞無功。神經衰弱，體力不繼，終於迫使他放棄尋找。

他的腦袋發燙，身上冒出黏黏的汗液，頸子在顫抖，難耐的口渴折磨著他。他四下張望，尋找任何可以立即解渴的東西，從一個小蔬果舖買了些水果，熟透的草莓，邊走邊吃。一個小廣場出現在他面前，空無一人，宛如被施了魔法，他認出了這個廣場，他曾經來過這裡，幾個星期前，他就在這裡擬定那個沒有成功的逃離計畫。在蓄水池的台階上，就在廣場的正中央，他頹然坐下，把頭靠在石砌的圍欄上。這裡很安靜，草從鋪路石塊之間長出來，垃圾四處散放。周圍的房屋高矮不一，業已剝蝕，其中有一棟堂皇的建築，有尖拱窗和有石獅護衛的小小陽台，窗戶後面空空盪盪。在另一棟屋子的底層有間藥房，陣陣暖風偶爾帶來石碳酸的氣味。

他坐在那裡，這位大師，這個可敬的藝術家，《不幸之人》的作者，在足為楷模的純粹形式中拒絕了漂泊浪蕩和陰暗的深淵，拒絕對深淵有好感，拋棄了放蕩不羈，這個社會地位攀升的人，知識的征服者，摒棄了一切嘲諷，習慣於大眾的信賴所帶來的約束，他的名聲眾所公認，姓氏受封為貴族，文章被當作學童學習的範本——他坐在那裡，眼皮闔上，只偶爾露出一道自嘲而狼狽的目光，隨即又迅速隱藏，而他上了妝的下垂嘴唇一字字吐出這些話，來自他昏昏沉沉的大腦奇特的夢境邏輯。

「因為，美，斐德羅，你記住了，只有美是既有如神祇又肉眼可見，因此，小斐德羅，它是那條感官之路，是藝術家通往精神的道路。可是親愛的，你以為藉由感官踏上精神之路的人，有可能得到智慧和真正的人性尊嚴嗎？還是你其實認為（我讓你自由決定），這是條既甜蜜又危險的道路，是條錯誤和罪惡的道路，勢必會導入歧途？因為你必須知道，我們文學家一旦走上美這條路，就會有愛神加入並以領袖自居；是的，就算我們也是英雄，也是莊嚴的戰士，以我們自己的方式；我們就像女子，因為激情是我們的幸福，而我們的思慕必須是愛情——這是我們的喜悅，也是我們的恥辱。現在你看出來了吧？我們文學家既不可能有智慧，也無法令人尊敬。看出我們勢必會誤入歧途，勢必要放蕩，永遠是感情的冒險家？我們的大師身分是個謊言，是種愚蠢，我們的名聲和地位是齣鬧劇，世人對我們的信賴可笑之至，藉由藝術來教育民眾和孩童是樁危險的舉動，應該加以禁止。因為天生傾向於無可救藥地墮入深淵的人，如何能夠成為教育者？我們也想否認那個深淵，贏得尊嚴，但是不論我們如何別過身去，那深淵依舊吸引著我們。於是我們拒絕了那消融的知識，因為斐德羅，知識沒有尊嚴，沒有嚴謹；知識曉得、了解、原諒，但缺少自制和形式；它對那座深淵有好感，它就是那座深淵。於是我們下定決心拋開知識，從此只追求美，意思是追求單純、偉大和新的嚴謹，回歸無拘無束，回歸形式。但是，斐德羅，形式和無拘無束導致迷醉和欲望，可能將高貴之人導向感情的褻瀆，他自身的嚴謹棄之如敝屣的感情褻瀆，將他導向深淵。我要說，形式和無拘無束會把我們文學家導向深淵，因為我們無力向上飛升，我們只做得到放蕩不羈。現在我走了，斐德羅，你留在這裡；等我離開你的視線，你再走。」

幾天之後，古斯塔夫．馮．阿申巴赫因為略感不適，在上午離開浴場大飯店的時間比平常稍晚。他必須和一股暈眩相抗，那暈眩感只有一半是緣於身體，伴隨著一種益發強烈的恐懼，一種沒有希望、沒有出路的感覺，而他不清楚這種感覺是緣於外在的世界，還是緣於自身的存在。在大廳裡，他注意到一批準備要運走的行李，問守門員是誰要離開，對方答以那個波蘭的貴族姓氏，一如他所預期。他聽到了這個姓氏，憔悴的臉上表情不變，把頭稍微一抬，表示湊巧得知了某件無須知道的事，再問了一句：「什麼時候？」那人答道：「午餐之後。」他點點頭，向海邊走去。

那裡景色淒涼。海水把海灘跟幾個延伸的沙洲分開，陣雨由前到後地落下，在那寬廣平坦的水面上激起漣漪。這個曾經繽紛多彩、生氣盎然的度假地如今似乎瀰漫著一股秋意，一種過時的感覺，顯得冷清，沙灘不再維持乾淨。在海的邊緣，一具相機立在三角架上，看來沒有主人，鋪在上面的黑布劈劈啪啪地在微涼的風中飛舞。

達秋和三、四個還留著的同伴在一起，在他家人那間小屋的右側，膝蓋上鋪著一條毯子，在大海和那排小屋之間，在一張躺椅上休息。阿申巴赫再次凝視他。因為那些婦人可能正忙著準備啟程，孩子的遊戲無人監督，顯得沒有規則，走了樣。那個被喚做「亞書」的矮壯少年，穿著繫腰帶的衣裳，黑髮上塗了髮油，被扔到臉上的沙子給暫時蒙蔽了視線，一時火大，強迫達秋跟他摔角，這場摔角很快就隨著那個柔弱的美少年摔倒而結束。可是在這離別的時刻，較卑微者的服侍之心似乎轉變成一種殘忍的粗暴，為了長期被奴役而尋求報復。那個得勝的少年此時仍未把敗陣的少年鬆開，反而跪在他背上，把他的臉一直壓在沙子裡，使得在扭打中已經呼吸急促的達秋差點窒息。他拚命想把壓在他身上的那人甩開，有時完全停止嘗試，只剩下一陣抽搐。震驚之下，阿申巴赫想要跳起來前去搭救，此時施暴的少年終於放開了他的受害者。達秋臉色蒼白，半坐起來，用一條手臂撐著，一動也不動地坐在那裡好幾分鐘，頭髮蓬亂，眼神黯淡。然後他站起來，慢慢走開。別人喊他，聲音起初很愉快，然後驚恐起來，央求著；他聽而不聞。那個黑髮少年想來對自己的過份舉動立刻感到懊悔，追上了他，想跟他和解；他一扭肩，拒絕了。達秋斜斜地走進水中，打著赤腳，穿著那件條紋的麻質衣裳，繫著紅色的蝴蝶結。

他在水邊逗留，低著頭，用一個腳尖在潮濕的沙子上畫著，然後走進淺淺的海裡，海水最深處還不到他的膝蓋。他穿過這片淺海，懶洋洋地向前走，走到沙洲上，在那裡站了一會兒，面向遠方，然後開始向左沿著那露出海面的狹長沙洲緩緩踱步。寬廣的水面把他跟陸地隔開，傲氣把他跟同伴隔開，他緩步而行，一個孤絕而遺世獨立的身影，頭髮飛揚，在遠遠的海中，在風裡，面對霧濛濛的無垠大海。他又一次停下腳步眺望，突然，彷彿憶起了什麼，像是在一股衝動之下，他轉過上半身，一隻手擱在臀部，優美地轉動身體，越過肩膀向海岸望過來。那個看著他的人坐在那裡，一如頭一次，當這個朦朧的眼神從進餐廳的門檻上投過來，與他的目光相遇。他的頭靠在椅背上，追隨著在遠方緩步行走的少年慢慢移動；此時他抬起頭，彷彿迎向那道目光，隨即垂在胸前，眼睛從下向上望，他的面容流露出沉睡時那種放鬆、入神的表情。而他依稀覺得那個蒼白、可愛的招魂者從遠方向他微笑，向他示意，彷彿把手從臂部移開，指向遠方，向前飄行，走進充滿希望的陰森神祕之中。一如平常，他起身隨他而去。

過了好幾分鐘，才有人急忙跑過來幫助這個癱坐在椅子上的人，把他送回他的房間。就在當天，一個震驚而懷著敬意的世界獲悉了他的死訊。

23 阿斯特拉罕（Astrakhan）位於俄羅斯西南部，距離裏海一百公里，是古代韃靼汗國的首都。

24 卡拉布里亞（Calabria）為義大利南部一區，有時被稱為義大利「靴」的「腳趾」，為一形狀不規則的半島。普利亞（Apulia）則為義大利東南部一區，包含義大利「靴」的「鞋跟」部位。

25 聖米歇爾墓園島（San Michele）與威尼斯的新河岸街僅一水之隔，基於衛生理由，十九世紀起，聖米歇爾島就被劃定為墳場區。

26 公共花園（The Public Garden）位於威尼斯的堡壘區，自一八九五年起，每逢單數年便舉辦藝術雙年展，展出來自各地的當代藝術作品。

導讀

百年痴迷——托瑪斯．曼的《魂斷威尼斯》

政治大學台灣文學所副教授　紀大偉

德國作家托瑪斯．曼的中篇小說《魂斷威尼斯》在一九一二年出版，至今剛好一百歲。台灣社會所認識的《魂斷威尼斯》至少有兩個版本（第三個版本是歌劇版，但在台灣不通行）：一，小說作者托瑪斯．曼早在一九二九年獲得諾貝爾文學獎，他的《魂斷威尼斯》和其他代表作在台享譽多時。二，在一九一二年的小說版面世近六十年之後，義大利同志導演維斯康堤（Luchino Visconti）推出電影版《魂斷威尼斯》，由英國著名同志演員狄鮑嘉（Dirk Bogarde）飾演德國紳士「阿申巴赫」，並選中畢雍安卓生（Björn Andrésen）——他可能是西洋電影史上最俊美的男孩之一——飾演波蘭美少年「達秋」。小說原版和電影改編版各有巧妙，但具體展現聲色的電影版難免比小說版在台灣社會（在其他國家亦然）留下了更為鮮明的痕跡。

兩個版本的內容大致相同，情節很簡單，就明寫在標題上：有人在威尼斯斷了魂。「魂斷威尼斯」是「果」，而斷魂的「因」是痴迷：一名五十多歲紳士從德國到威尼斯旅行，偶遇一個讓他痴迷的十餘歲波蘭男孩。當時瘟疫襲擊威尼斯，但中年男子卻貪看美少年，捨不得逃亡。最後他一邊看著美少年的身影，一邊放任疾病奪走他的性命。

這個故事流傳一百年，主要原因可能不是它的簡單「情節」，而是它描繪的痴迷「狀態」。故事情節通常很在乎進度，越是趕進度（節奏越快）就越受到一般讀者觀眾歡迎。相較之下，痴迷則跟趕進度的邏輯脫節，根本是一種鬼打牆的狀態，身陷其中的人只能選擇越陷越深或選擇忍痛抽身。如果兩個人相遇，然後談戀愛，然後發生親密關係，然後婚嫁同居或分手，這整個過程叫做情節。如果兩個人相遇，但只有各自偷看對方、猜測對方的心意，沒有對話沒有互動，那麼這種情況就是一種狀態，沒有情節。有情節的愛戀往往是被祝福的、被期待的、有未來的；沒有情節的痴迷狀態則被忽視，也就不被看好，沒有未來可言，甚至讓人絕望、聯想死亡。《魂斷威尼斯》的中年男子就算沒有真的（literally）因病而逝，他恐怕也免不了譬喻層次的（metaphorically）心死。

在我整理台灣同志文學史的過程中，我發現《魂斷威尼斯》電影版是一座國外的燈塔，讓本土的文本借光。在蘇州庭園中，「借景」是把園外的美景借到園內的魔術；長久以來台灣文學在文本中多次提及這部電影，就形同借景。藉著借光、借景，台灣的文本得以展現痴迷的凝止狀態。阿申巴赫痴迷達秋的理由是曖昧不定的，固然可能是因為同性戀，但也可能是因為仰慕「美」或憐惜青春。這種曖昧，對台灣文本來說特別方便：文本得以藉著稱讚（比較形而上的？）青春美之名，行肯定（比較行而下的？）同性戀之實；也可以藉著（肉體層面的？）同性戀這個跳板，進而探究（精神層面的？）何謂青春何謂美。

我用「青春崇拜」一詞指稱台灣文學中的一種傾向：藉著崇拜青春之美，讓某些禮法不容的欲望得以找到呼吸的機會。詩人楊牧在一九七六年出版一部散文《年輪》，文中〈一九七二〉這章寫於一九七二年（《魂斷威尼斯》電影版放映一年後），分為四節，第一、二、四節寫的是在臺灣看不到的、充滿大自然撞擊力的北國風景，做為壓軸的第三節寫的是當年在台灣也不會看到的異人情事：「同性戀」（楊牧採用這三個字）。詩人還特別提及《魂斷威尼斯》。「《威尼斯之死》裡尚且有另外一種亙古的帶著罪底烙印的愛戀……柏拉圖經典裡（《饗宴篇》）男性對於男性的沉迷……只是對一種完整的，絕對的『美』的要求……神與魔的交替，如何殘忍地吞噬一顆最具知識能力的心靈。」對詩人來說，《魂斷威尼斯》表現的痴迷有兩種讀法：一是對同性痴迷，二是對美的痴迷。因為崇拜青春美在藝術的國度中是理直氣壯的，所以青春美挾帶的同性戀眼神也就可以被理解、被諒解。在那年頭，白先勇的《孽子》還沒出版。

曹麗娟的短篇小說〈童女之舞〉也提及了《魂斷威尼斯》；按我的詮釋，《魂斷威尼斯》的青春崇拜代替〈童女之舞〉說出〈童女之舞〉沒有明言的訊息：小說中主人翁童姓少女坦誠她仰慕鍾姓少女活蹦亂跳的青春模樣，卻不必明說童「剛好」愛慕了同性。值得留意的是，《魂斷威尼斯》是男人痴迷男孩的故事，但這種痴迷被「轉性」挪用在女孩痴迷女孩的〈童女之舞〉中。在朱天文的長篇小說《荒人手記》第八章，主人翁小韶——中年男同志——被男孩勾搭上了。小韶將對方稱為「費多」（Fido Dido，一九九〇年代初的流行動畫人物），而費多叫小韶「PAPA」（爸爸）。PAPA 去費多家，看費多做一堆無聊事，而他本人聯想起《魂斷威尼斯》：費多是美少年，而他自己是老藝術家。在吳繼文的長篇小說《天河撩亂》中，書中主人翁時澄在一九七〇年代離家到台北補習重考大學，偶然在電影院第一次看了《魂斷威尼斯》，驚覺電影院內男男觀眾趁黑互相手淫的生態。在這種黑壓壓的情境中，時澄看不見誰美誰青春誰是同性戀——又美又青春的同性戀就是時澄自己。

電影版魅人，渲染了痴迷的狀態。但我也要強調，原著小說除了展示痴迷狀態之外，還觸及了電影版無暇照顧的幾種課題：

例如，靈與肉之間應該如何取捨？——這個問題難免會被解讀成「精神上的戀愛」與「肌膚之親」的取捨。但小說其實是在思考：藝文創作者究竟是要透過具體的東西（包含人體，以及身體的觸覺嗅覺等等）來認識美，還是要透過抽象的思考來認識美？阿申巴赫該留滯義大利親自「體—驗」異國，或是該留在德國的書房內讀書自省——這就是靈肉的取捨。

說到這邊，我是要提醒：《魂斷威尼斯》展現的痴迷並非只發生在阿申巴赫和達秋之間，也發生在阿申巴赫和「肉體經驗」（而非「精神」與「超越經驗」）之間。阿申巴赫在小說中吃了兩次爛熟的草莓——這兩次經驗與其說跟達秋有關，不如說跟他不知如何拿捏感官知覺的笨拙有關。爛熟的草莓看似迷人，卻也逼近死亡。阿申巴赫在有意無意間，也對死亡痴迷：看起來他是為了達秋而不得不留在瘟疫籠罩的威尼斯，但說不定他是以達秋之名行留在死城之實。威尼斯充滿死氣，卻因此特別迷住他：死亡不再是抽象概念，而是他的肉體經驗。

小說原著除了更細緻思考靈肉和痴迷的多種孔穴之外，也探究了「現代性」的問題。在小說中，德國看起來比較現代化而有效率，義大利則是落伍散漫的。在威尼斯旅程中，阿申巴赫不斷遭遇到沒有效率、破壞時間規畫的謬誤，例如他本人和行李意外上錯船。一開始時他躁怒，卻慢慢學會釋然，甚至進而懂得享受浪費時間的樂趣。在浪擲光陰的過程中，紀律應該遵守還是揚棄？阿申巴赫正因為一輩子遵守各種紀律才爬到當前的社會地位，但他在威尼斯卻漸次揚棄紀律。在邁向死亡的過程中，阿申巴赫跟「現代性」告別。

《魂斷威尼斯》的兩種版本都以「追求美」、「追求美男」著稱，它們呈現的醜也就因此容易被忽略。其實阿申巴赫在旅途中看到多種老醜之人（電影版也不吝於給他們特寫畫面），他害怕他們，卻也忍不住盯著他們看，也聯想到他們跟自己的相似——他去找理髮師染髮、上胭脂的這一段，通常被解釋為他希望變得美觀年輕，藉此取悅達秋。這種詮釋固然有理，但阿申巴赫也確知染髮抹粉的行為，只是讓他自己更加貼近那些他又怕又愛看的老醜怪人。整頓門面之後的他，未必能夠更有效地逼近達秋的美，卻保證讓他跌坐老醜的陣營。在小說和電影中，他從來沒有真正跟達秋說過話，更沒有跟他握過手或進行過其他肉體碰觸（這樣「去性化」的痴戀卻廣受同志文學看倌所愛），但他反而真確地跟老醜發生關係了：就發生在他的肉體上，他承認，而且他可能也享受這個真相。

電影和小說的結尾都很淒厲。電影中達秋在海中指向太陽的動作，是指他跟太陽神打招呼嗎？小說最末提及達秋時，卻意味深長地稱他為「招魂者」（der Psychagog，英文版譯作「summoner」）：看起來，達秋也算是死神的人馬。

美與醜，生與死，其間距離就跟靈肉之間一樣迷離。

推薦跋一

美是庸俗世界的威脅

東華大學華文系教授　吳明益

「我這輩子最大的遺憾就是沒有為愛情而死。」

——馬奎斯，《愛在瘟疫蔓延時》

若說藝術史上有一部作品聯繫了音樂史、電影史、小說史上的崇高與爭議之作，那麼當非托瑪斯．曼的《魂斷威尼斯》莫屬。發表於一九一二年的《魂斷威尼斯》，至今恰好百年，一九七一年義大利名導維斯康堤（Luchino Visconti）將其改編成電影，片中運用了馬勒的第三號和第五號交響曲，特別是絕美的第五號交響曲第四樂章小慢板，至今已成為喚起《魂斷威尼斯》最具象徵性的聲音線索。許多評論者已從電影、小說、交響曲間的結構進行過細膩的分析，再加上托瑪斯·曼和馬勒間的友誼，維斯康堤電影中對托瑪斯·曼、馬勒的致意，在在都使得這部小說更具傳奇性。

由於研究與評述的篇章早已繁如春草，讀者當可自行搜尋相關資料。因此當出版社將新譯的《魂斷威尼斯》交給我的時候，我猶疑再三。因為做為一個多年後的讀者兼小說創作者，實在太難「簡介」或「導讀」這部作品了。於是，我僅能試著去描述，這部小說除了「必讀經典」的意義之外，對我而言，還具有的把讀者裹挾在醉人氣味中的神祕魅力。

托瑪斯·曼留下了《魂斷威尼斯》的寫作手記，在手記中，他抄寫了荷馬的《奧德賽》、柏拉圖對話錄裡的〈斐德羅篇〉（*Phaedrus*）與〈會飲篇〉（*Symposium*）、維吉爾（Vergilius）的史詩《埃涅阿斯紀》（*Aeneid*）、普魯塔克（Plutarch）的《情愛篇》（*Erotikos*）等等傑作，這些作品想必影響了《魂斷威尼斯》的敘事與文字風格。小說從第一章阿申巴赫陷入創作苦境，到第五章最後一句話被人發現殞命，托瑪斯．曼的文字就如同刺繡織錦，密度極高卻又井然有序。動人的威尼斯景色描述，偶爾穿插卻不顯突兀的哲思論辯與回憶，恰如其分的對話……無一不是古典史詩敘事的高明展現。我幾乎想誇張且有些獨斷地這麼說：我曾遇許多讀者面對現代主義之後的小說，常常有被敘事技巧迷惑，甚至導致憎恨起閱讀小說的經驗。但我相信，托瑪斯．曼的小說語言，足以煥發讀者閱讀小說的熱情，令所有凝視它的人著迷。

這是因為在理性布置的敘事中，《魂斷威尼斯》中獨立的片段，即使拆開來看都是一段段動人的散文，能時時帶給讀者一種短暫的、徘徊再三的美學衝擊。當我們使用美學（Aesthetics）一詞時，必定要注意到這個詞並不像中文翻譯使用的「學」字那麼具有「歸納性」，反而更強調直覺性或小說裡主人翁所提到的「心靈持續的震動」。或許可以這麼說，整部《魂斷威尼斯》都在描述這種不可能被文字完整表現出的，美的觸動經驗。一個苦於創作陷入瓶頸的作家，一次帶著寄託與解放的旅行，與一個不可思議、美麗如神祇的少年邂逅，為了少年，作家努力打理不可挽救的衰老肉體，而後在瘟疫中應該離開卻命運式地回頭，最終殞命異鄉……篇幅不長、看似情節簡單的《魂斷威尼斯》，整部小說滿是機遇、細節、哀傷與致命之美，那是融合了阿波羅的秩序與戴奧尼索斯痴狂的美學。雖然許多讀者或將《魂斷威尼斯》視為同志小說的代表作並沒有錯，但我寧願說它呈現出來的美學，是超越性別之上的。

寫這篇簡短文章的時刻，我想起幾年前到丹麥旅行的時候，有一回夜歸營地，在電車上看到一位少女上車，她的側影與氣質均像極了奧黛麗赫本。那原本應該只活在影像裡的人活生生坐在電車椅上，霎時讓車內的人恍惚迷惘，忘記禮貌地注視。我一時之間竟彷彿想起《魂斷威尼斯》裡那段阿申巴赫初見少年的描寫：「他不曾見過類似的傑作，不管是在大自然中，還是在造型藝術中。」

我相信讀者在人生裡，都曾遭遇類似這樣火石電光間的美的邂逅，但那往往只存在於一瞬，也只喚起一瞬。只有極少數人會像小說裡的阿申巴赫，為了延續這種美的震動而寧可重返被瘟疫陰影籠罩、水氣氤氳的威尼斯，直至殞命。那已然是凡人不敢、不願的，為純粹形而上的愛情，無視於把自己推向毀滅的危險性。倘若我們將《魂斷威尼斯》裡的愛情視為一種象徵，我在想，這會不會也是藝術家與工匠的不同之處，工匠以製造庸俗之美獲利，藝術家則以打造悖德、超越的美而不惜殉身。

我們的一生都無法擺脫活在這個庸俗世界的事實，然而美是庸俗世界的威脅。我以為無論是馬勒、托瑪斯・曼、維斯康堤的《魂斷威尼斯》，都在為我們證明、展示這一點。

推薦跋二

也是愛在瘟疫肆虐時

旅歐作家 編劇 導演 陳玉慧

冠狀肺炎急劇擴大感染，已成為廿一世紀重大瘟疫，此刻重讀《魂斷威尼斯》，溫習托曼斯曼那絕美和奢華的文學風格之時，倍加感受到如今疫情氛圍的社會隔離，以及現代人孤獨的情境。

《魂斷威尼斯》無疑是德國文豪托瑪斯・曼寫得最好的一本小說，歐陸現代文學代表作，也是廿世紀最重要的文學作品之一。

這本書像托瑪斯・曼的半自傳，故事虛實並存，他曾在一九一一年去過威尼斯，住過麗都島上的班斯大旅館，並遇見一個波蘭少男伯爵，而當時的威尼斯正經歷一場霍亂。而《魂斷威尼斯》小說故事幾乎與他個人經歷相仿，書出版於一九一二年。

我曾多年住過大作家也住過的慕尼黑，也曾特意去過他的「夏屋」，參觀過他工作的書房。托瑪斯．曼是一個非常有紀律的作家，每天早上六點鐘便開始寫作，早餐是在書房裡食用，為了不打擾他的情緒，餐點都由妻子端到書房門口的地板上，並非端入他的房間，他用完早餐便一直寫到中午。他幾乎泰半生都如此寫作，下午則到附近餐館用餐，然後回家讀書。

托瑪斯．曼與卡堤亞．史賓曼結婚，生了六個孩子，卡堤亞非常精明能幹，幾乎就是他的經紀人。幾位家族成員有自殺的紀錄，一位兒子也曾因活在父親陰影下而飽受憂鬱症之苦。

卡堤亞多年後在談到此書時表示，小說人物確有其人，她當時和丈夫一起在場，親身感炙到丈夫對男孩的愛慕，她並提到她叔叔也是一位著名教授在論及此事時，認為「這個故事太不可思議了，而且還來自一個擁有家庭的有婚之夫！」，但我更感驚訝的是，卡提亞不但自己在場，且還能平靜地轉述他人的看法。

我所知道的托瑪斯．曼，不但生活嚴謹，連聽音樂都只能一個人在房間裡聆聽，不准打擾。這一切都與他的文學風格相像，我以德文讀他的《魔山》（Der Zauberberg），對他那一絲不苟的德文語法非常敬畏，造句繁複，不但語彙眾多，附綴句一句又一句，常讀得我心迷神亂，所以「敬畏」。沒有人可以那麼造句，沒有人可以像他那樣書寫，那般造句無人可以模仿複製。

托瑪斯．曼畢生反對當時歐陸的法西斯化，德國納粹因此對他必除之才後快，也因此長年流亡國外，死於瑞士。曾經有人問他，離開祖國這麼久，他的德國文化在那裡？他很自豪地回答：我就是德國文化，我在的地方便是德國文化。

《魂斷威尼斯》要表達的是後中年期藝術家和其生活態度，正如托瑪斯．曼自己說過，藝術家有時在黑暗中射擊，難以知悉真正的創作對象在那裡？是什麼？「但你總是希望生命可以光亮及為之踏實」，那是為什麼托瑪斯．曼寫作的主題總是清楚而擊中時代要害。

該書中的馮．阿申巴赫是一位一向對自己感官和感情有所保留的作家，因靈感枯竭而到那絕美之城威尼斯靜養，不料遇見一位美少年，從此引發其內在毀滅性的熱情，最後死於爆發瘟疫的水城。此書不但描繪十九世紀末歐洲布爾喬亞階級的苦悶，也以被霍亂包圍的威尼斯城象徵了歐洲的黑暗與墮落。

托瑪斯．曼曾經形容自己所寫的《魂斷威尼斯》是一齣「退化的悲劇」，阿申巴赫逐漸失去了自我和尊嚴，在書中，美少年達秋走進阿申巴赫的感官世界，引發一向壓抑的作家道德崩潰，淪於美的奴隸，無法招架，他既無法表白，也無法靠近對方，因對肉體之美的迷戀，終致無法離去而留守在瘟疫之城致死。

托瑪斯．曼和很多德國知識份子一樣對義大利情有獨鍾，經常到南國度假，他甚至愛上旅館酒吧侍者，這些軼事至今仍被人不斷議論。我一直把《魂斷威尼斯》視為作家自己的心情寫照，書中那位作家阿申巴赫苦苦追求美少年不得，最後對著空無一人的花園大喊「我愛你」，應該也是他的某種人生寫照，終生都未「出櫃」，至死與妻子住在一起，妻子卡堤亞也從無抱怨，以夫為榮。

托瑪斯．曼是因《布頓柏魯克世家》（Buddenbrooks）一書而得到諾貝爾獎，但我更喜歡這本以瘟疫做為文本象徵的《魂斷威尼斯》。

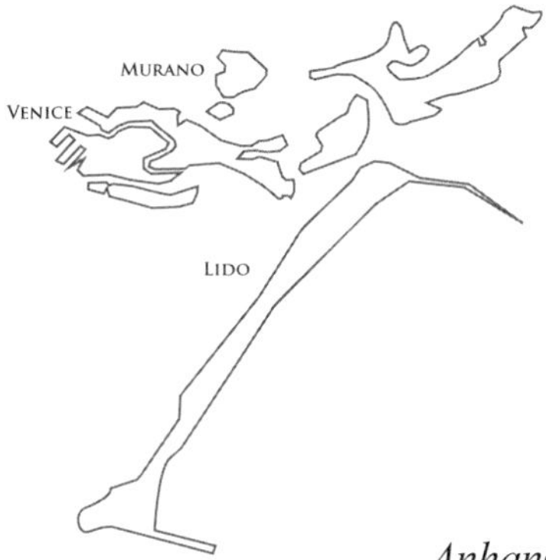

Anhang

附錄

托瑪斯．曼作品年表

一八九三　《展望》（*Vision*），散文

一八九四　《墮落》（*Gefallen*），短篇小說

一八九六　《對幸福的願望》（*Der Wille zum Glück*），短篇小說

　　　　　《失望》（*Enttäuschung*），散文

一八九七　《死》（*Der Tod*），散文

　　　　　《小人物弗利德曼先生》（*Der kleine Herr Friedemann*），短篇小說

　　　　　《小丑》（*Der Bajazzo*），中篇小說

一八九八　《圖比亞斯．敏得尼克》（*Tobias Mindernickel*），中篇小說

一八九九　《小衣櫃》（*Der Kleiderschrank*），短篇小說

　　　　　《復仇》（*Gerächt*），小說研究

一九〇〇　《小路易斯》（*Luischen*），短篇小說

　　　　　《通往墳墓之路》（*Der Weg zum Friedhof*），中篇小說

一九〇一　《布頓柏魯克世家——一個家族的衰落 》（*Buddenbrooks –Verfall einer Familie*），長篇小說

一九〇二　《神的光輝》（*Gladius Dei*），中篇小說
　　　　　《飢餓者》（*Die Hungernden*），短篇小說
一九〇三　《崔斯坦》（*Tristan*），中篇小說
　　　　　《托尼奧．克勒格爾》（*Tonio Kröger*），中篇小說
一九〇四　《神童》（*Das Wunderkind*），短篇小說
　　　　　《幸運》（*Ein Glück*），短篇小說
一九〇五　《在先知那裡》（*Beim Propheten*），短篇小說
　　　　　《艱難的時刻》（*Schwere Stunde*），小說研究
一九〇六　《佛羅倫斯》（*Fiorenza*），戲劇
　　　　　《沃爾遜之血》（*Wälsungenblut*），中篇小說
一九〇七　《論戲劇》（*Versuch über das Theater*），雜文
　　　　　《猶太問題的解決方法》（*Die Lösung der Judenfrage*），雜文
一九〇八　《一則軼事》（*Anekdote*），短篇小說
一九〇九　《國王的神聖》（*Königliche Hoheit*），長篇小說
　　　　　《鐵路事故》（*Das Eisenbahnunglück*），短篇小說
一九一一　*Wie Jappe und Do Escobar sich prügelten*，短篇小說
一九一二　《魂斷威尼斯》（*Der Tod in Venedig*），中篇小說

一九一八	《一個不關心政治者的觀察》(*Betrachtungen eines Unpolitischen*)，雜文
	《主人與狗》（*Herr und Hund*），散文
一九一九	《兒童的歌唱》（*Gesang vom Kindchen*），散文
一九二一	《猶太人的問題》（*Zur jüdischen Frage*），雜文
一九二四	《魔山》（*Der Zauberberg*），長篇小說
	《關於學習史賓格勒》（*Über die Lehre Spenglers*），雜文
一九二五	《無秩序和早先的痛苦》（*Unordnung und frühes Leid*），中篇小說
一九三〇	《馬里奧和魔術師》（*Mario und der Zauberer*），中篇小說
一九三三	《華格納的偉大與犧牲》（*Leiden und Größe Richard Wagners*），雜文
一九三三—四三	《約瑟夫和他的兄弟們》四部曲（*Joseph und seine Brüder, Tetralogie*），長篇小說
一九三八	《兄弟希特勒》（*Bruder Hitler*），雜文
一九三九	《綠蒂在魏瑪》（*Lotte in Weimar*），長篇小說
	《自由的問題》（*Das Problem der Freiheit*），演講
一九四〇	《被換錯了的腦袋——一則印度傳奇》（*Die vertauschten Köpfe – Eine indische Legende*），短篇小說
	《德國聽眾！》（*Deutsche Hörer!*），廣播節目發表談話

一九四四　《法律》（*Das Gesetz*），短篇小說

一九四五　《德國和德國人》（*Deutschland und die Deutschen*），演講

一九四七　《浮士德博士》（*Doktor Faustus*），長篇小說

《根據我們經驗的尼采哲學》（*Nietzsches Philosophie im Lichte unserer Erfahrung*），雜文

一九四九　《浮士德博士的創作由來》（*Die Entstehung des Doktor Faustus*），雜文

一九五一　《被挑選者》（*Der Erwählte*），長篇小說

一九五三　《被騙的女人》（*Die Betrogene*），短篇小說

一九五四　《騙子菲利克斯·克魯爾的自白》（*Bekenntnisse des Hochstaplers Felix Krull*），長篇小說

一九五五　《試分析席勒》（*Versuch über Schiller*），雜文

《關於歌德》（*Über Goethe*），雜文

經典文學

魂斷威尼斯

Der Tod in Venedig

作者　**托瑪斯·曼（Thomas Mann）**
譯者　姬健梅
社長　陳蕙慧
副社長　陳瀅如
總編輯　戴偉傑
責任編輯　鄭琬融
行銷企劃　陳雅雯、尹子麟、黃毓純
封面設計　廖韡
版型設計　鄒雅荃

出版　木馬文化事業股份有限公司
發行　遠足文化事業股份有限公司
（讀書共和國出版集團）
地址　231 新北市新店區民權路 108-2 號 9 樓
電話　(02)2218-1417
傳真　(02)2218-0727
Email　service@bookrep.com.tw
郵撥帳號　19588272 木馬文化事業股份有限公司
客服專線　0800-221-029
法律顧問　華洋法律事務所　蘇文生律師
印刷　中原造像股份有限公司

初版三刷　2023 年 11 月
定價　300 元

ISBN：978-986-359-864-0

本書改版自漫步文化《魂斷威尼斯》三版

國家圖書館出版品預行編目

魂斷威尼斯 / 托瑪斯 . 曼作 ; 姬健梅譯 . -- 初版 . -- 新北市
: 木馬文化出版 : 遠足文化發行 , 2021.02
面 ;　公分 . -- (經典文學)
譯自 : Der Tod in Venedig
ISBN 978-986-359-864-0　(平裝)
875.57　109021984